El niño que quería ser Tintín

Santiago García-Clairac

ediciones SM Joaquín Turina 39 28044 Madrid

Primera edición: junio 1997
Sexta edición: enero 2000

Dirección editorial: María Jesús Gil Iglesias
Colección dirigida por Marinella Terzi
Ilustraciones: Francesc Infante

© Del texto: Santiago García-Clairac, 1997
© Ediciones SM, 1997
   Joaquín Turina, 39 - 28044 Madrid

Comercializa: CESMA, SA - Aguacate, 43 - 28044 Madrid

ISBN: 84-348-5505-4
Depósito legal: M-46270-1999
Preimpresión: Grafilia, SL
Impreso en España/*Printed in Spain*
Imprenta SM - Joaquín Turina, 39 - 28044 Madrid

No está permitida la reproducción total o parcial de este libro, ni su tratamiento informático, ni la transmisión de ninguna forma o por cualquier medio, ya sea electrónico, mecánico, por fotocopia, por registro u otros métodos, sin el permiso previo y por escrito de los titulares del *copyright*.

A mis padres

1

Me llamo David y, aunque suene un poco raro, me gustaría vivir en otro mundo, tener otro nombre y ser otra persona... Me gustaría ser Tintín.

Mis padres me regalaron mi primer libro de Tintín el día que cumplí cinco años. Se llamaba "Tintín en América".

Apenas sabía leer, pero entendí muy bien aquella historia de Tintín y sus amigos gracias a los dibujos.

Había cientos y cientos de cuadritos llenos de dibujos. Exactamente 711 cuadritos.

Mi padre me explicó que los cuadritos se llaman viñetas y en cada una hay "bocadillos" con el texto de lo que dice cada personaje.

Después de aquel libro, vinieron todos los demás. De vez en cuando y por cualquier motivo, me regalaban uno nuevo hasta que completé toda la colección: veintidós en total.

La verdad es que aprendí muchas cosas con Tintín. Con él aprendí a leer y también aprendí geografía... y más cosas...

Por ejemplo, lo importantes que son los amigos. Tintín quiere a sus amigos más que a ninguna otra cosa en el mundo. Lucha por ellos y a veces se juega la vida para salvarlos.

Yo, la verdad, no sé si me jugaría la vida por Félix, que es muy amigo mío y me gusta un montón jugar con él a las chapas.

A lo mejor me la jugaría por Leticia, la chica que más me gusta del colegio. A Leticia no sé si la quiero más que a Félix, pero sí sé que la quiero de otra manera. A lo mejor ella lo sabe, pero hace como que no lo sabe. A las chicas que yo conozco les gusta mucho hacerse las interesantes.

Claro que, para jugarme la vida por ella, tendría que ser por algo muy gordo y no creo que surja la oportunidad en el colegio. Si un señor quisiera secuestrarla delante de mí, pues haría algo como gritar o pegarle o insultarle para que la dejara en paz. Eso sí sería jugarme la vida.

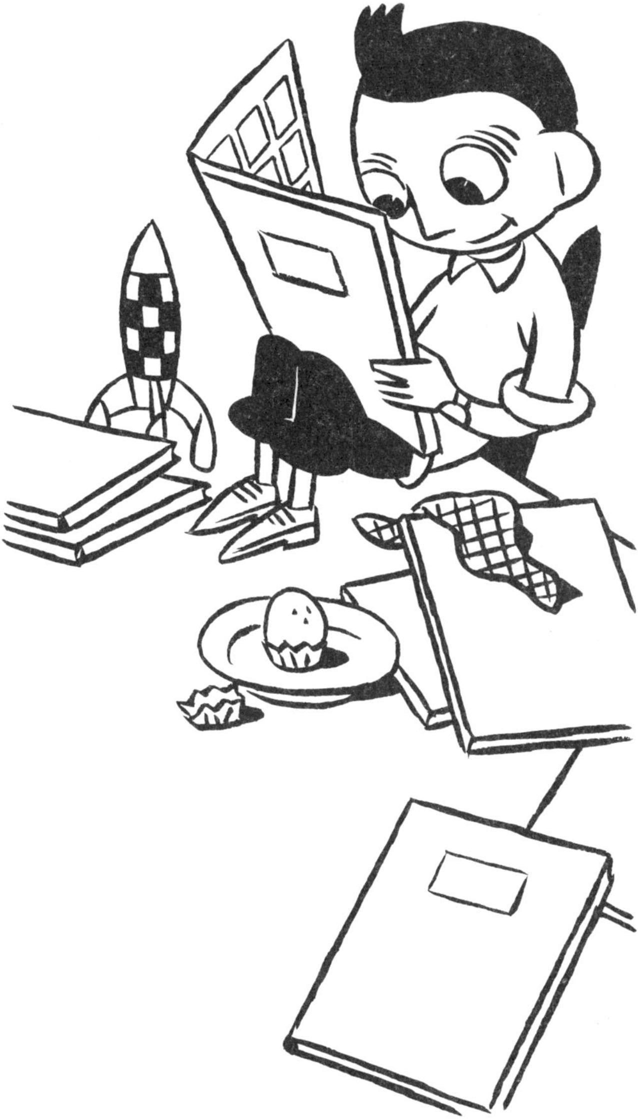

Con Tintín también aprendí otra cosa: a no mentir.

Tintín dice siempre la verdad, pase lo que pase.

No conozco a nadie que diga tanto la verdad. Después de mi madre, claro.

Mi padre también dice muchas verdades, pero es diferente. A él hay que entenderle porque a veces dice las cosas de una forma un poco más complicada. O sea, que después de hablar con él, hay que pensar en lo que ha dicho para saber lo que ha querido decir. No es que mienta, pero es más difícil saber lo que está diciendo. Eso también se lo dice mi madre.

Con los libros de Tintín aprendí que el mundo está lleno de países. Aunque eso también nos lo cuentan en el colegio. Pero es diferente porque es más aburrido y no hay aventuras.

Nuestro profesor, el señor Torres, tiene un gran globo en el que están dibujados todos los países del mundo, pero es muy difícil entenderle porque no se ven los señores que viven en los países. Y por mucho que nos quiera explicar que en América hay vaqueros, indios, rascacielos, caballos..., pues como no se ven, no se entiende. En cambio Tintín te lo enseña todo y lo comprendes enseguida.

Pero lo que más me ha gustado de Tintín es que te enseña que hay que ser valiente para luchar contra los malos. Y que no hay que tener miedo de las cosas.

Yo quiero ser valiente como él, pero ahora soy pequeño y todavía tengo miedo. Por la noche, no dejo que mi madre apague la luz hasta que me haya dormido. Pero si sigo leyendo a Tintín, sé que seré valiente.

El mundo de Tintín es más divertido que éste. Aquí hay demasiadas cosas que no comprendo y que me ponen muy nervioso.

Las historias de Tintín son más fáciles de comprender. Se nota enseguida quiénes son los malos, o cuándo hay algún peligro. Además, los malos siempre pierden y acaban en la cárcel... Pero aquí no se sabe nunca cómo va a terminar todo y, aunque seas muy bueno, no es seguro que vayas a ganar.

Yo me peleo mucho con uno de mi clase que se llama Gilberto y es muy bruto y un poco malo, también lo dicen los profesores. Siempre me gana y me pega y hace lo que le da la gana. Si yo fuera Tintín... ¡ya vería ése!

Y pasa lo mismo en mi casa. Nunca sé cuándo va a haber problemas.

Yo sé que mis padres se quieren porque por eso se casaron y a veces se lo oigo decir. Pero no entiendo por qué tienen tantas discusiones y se dicen esas cosas tan raras. El otro día, mi padre le dijo a mi madre que iba a pedir el divorcio y ella le respondió que no se lo iba a dar. Es todo muy raro: se casan, tienen un hijo, se compran una casa y todo lo demás... Y luego, cuando ya lo tienen todo, van y a lo mejor se separan... No entiendo nada.

Y en el colegio también pasan cosas que no comprendo. Los mayores casi siempre están pegando a los más pequeños. Las niñas se ríen de los niños. Los primeros de la clase se burlan de los últimos... A mí me parece todo muy complicado.

Por eso digo que me gustaría ser como Tintín, para entender mejor las cosas. O mejor aún, me gustaría vivir en el mundo de Tintín donde las cosas son tan fáciles y divertidas.

—David, hijo, ya estoy aquí.

Ése es mi padre, que acaba de llegar a casa y, como siempre, me llama para que vaya a darle un beso.

—¡Hola, papá!

—¿Qué tal te ha ido hoy, Tigre?

Le encanta llamarme así. La verdad es que le encanta llamarme cosas raras como Tiburón, León, Caballo, Héroe, pero su favorito es Tigre. Yo creo que aún no se ha dado cuenta de que tengo nueve años... bueno, casi.

—Hoy me han castigado en clase por no haber hecho bien los deberes de ayer –le digo–. Pero no ha sido grave. Sólo me han...

—¿Los deberes estaban mal? –me pregunta extrañado–. Pero si los hicimos juntos.

—Será por eso –responde mi madre, que entra en este momento en el salón.

—¿Cómo dices? –pregunta mi padre un poco molesto–. ¿Quieres decir que yo he hecho mal los deberes del niño?

Ella no responde, simplemente se encoge de hombros.

Yo ya sé que cuando las cosas empiezan así suelen terminar en una gran discusión.

—No tiene importancia –digo–. Hoy no tengo deberes y podré ver la película de esta noche con vosotros.

—Vamos a poner la mesa, que ya es la hora de cenar –dice mi madre.

Mi padre y yo ponemos la mesa mientras ella calienta la comida, y nadie dice nada.

—¿Qué película dices que quieres ver? –pregunta mi padre mientras toma la sopa.

—"La joya del Nilo" –respondo ilusionado–. Es la historia de una pareja que se va a un país de árabes a buscar un...

—Pero, Tigre..., si esa película ya la hemos visto mil veces.

—Sí, ya lo sé, pero...

—Mejor ponemos la primera cadena y vemos el debate político que...

—¡Mira que eres bruto! –dice mi madre, saliendo rápidamente en mi defensa–. Déjale ver la película al niño, que le divertirá más.

—No importa, mamá, me iré a la habitación a leer. La verdad es que estoy cansado.

Mi padre no responde, pero mi madre le fulmina con la mirada. Las miradas de mi madre son terribles. Prefiero que me regañe a que me mire así.

Terminamos de cenar en silencio y, cuando mi padre se limpia con la servilleta, me levanto y, después de darles un beso a cada uno y desearles las buenas noches, me lavo los dientes y entro en mi habitación.

Con la luz de la mesilla encendida, me meto en la cama con un libro de Tintín.

Tintín, su perro Milú, el capitán Haddock y yo estamos en el mar, a la deriva en una balsa de madera... Nuestro barco acaba se ser hundido por los aviones enemigos que todavía nos sobrevuelan.
Nuestra situación es desesperada y temo que acabaremos siendo pasto de los tiburones... Hace un calor espantoso, no tenemos agua, no tenemos radio, no tenemos armas... ¡Estamos solos bajo el sol! ¡Nadie vendrá en nuestra ayuda!

2

—¿Se puede saber en qué mundo vives, David?

El que me dice esto es mi profesor, el señor Torres.

Mi profesor es terrible cuando se enfada con alguien.

Y ahora está enfadado conmigo.

—No recordaba que había deberes para hoy... Lo siento mucho, señor Torres.

No me gusta mentir, pero no le puedo contar la verdad. Mis padres se habrían peleado por mi culpa si les llego a decir que tenía que hacer deberes.

—Nunca te acuerdas de nada –dice el profesor–. No te interesa nada de lo que pasa en este mundo. Eres un...

Menos mal que se ha callado. Si sigue hablando un poco más, me habría puesto a llorar. La verdad es que he quedado como un idiota delante de toda la clase. Y lo que es peor, Leticia lo ha visto todo y se estará riendo de mí.

—Bien, niños... Aquí tenéis un ejemplo que no debéis seguir –dice señalándome–. Así no se va a ninguna parte. Este chico es un caso perdido y yo no quiero que vosotros sigáis el mismo camino.

Todo el mundo se burlará de mí y Leticia no me volverá a dirigir la palabra.

—Ahora vamos a hablar de cosas serias –insiste el señor Torres–. Vamos a conocer un poco mejor nuestro planeta, aunque algunos no entiendan de lo que hablamos.

Ya sé que "algunos" soy yo.

Después de lanzarme una mirada como la que le lanzó ayer mamá a papá, se dirige hacia su globo terráqueo.

—De aquí sale prácticamente todo el petróleo que se gasta en el mundo –dice, señalando una zona marrón–. En esta región del mundo hay un inmenso desierto habitado por árabes que...

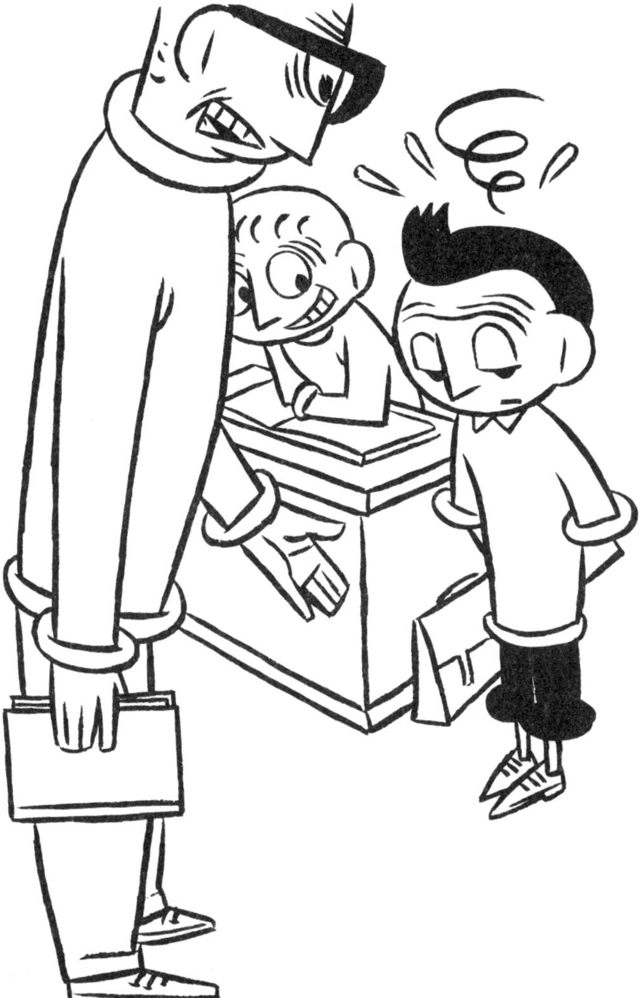

Tintín y yo somos prisioneros de los árabes que nos arrastran por el desierto. Entre el polvo, el calor y las ligaduras estamos agotados. Milú también está sin fuerzas. No sé cuánto podremos resistir.

De repente, uno de nuestros raptores divisa a lo lejos el pozo de agua de Bir el Ambik. Las esperanzas renacen. El árabe se adelanta con su caballo hasta el pozo, pero vuelve unos minutos después con la peor de las noticias: el pozo está seco. No hay agua.

Ya no soportamos más. Tintín y yo hemos llegado al límite de nuestras fuerzas y nos desmayamos.

El jeque da orden de que nos suelten. Después, emprenden la marcha dejándonos tumbados en el suelo bajo el sol.

Milú les ladra inútilmente para que vuelvan a socorrernos.

—¡Al recreo, niños! –grita entonces el profesor–. Portaos bien, ¿entendido?

Pero casi no le oímos porque ya estamos en el pasillo, corriendo hacia el patio.

Hoy toca fútbol. No es lo que más me gusta, pero me lo suelo pasar bastante bien porque siempre juego de delantero y a veces meto algunos goles y así las chicas, que nos miran, me aplauden.

—Hoy serás portero –me dice Gilberto, que es el capitán del equipo.

—Pero yo soy delantero –protesto.

—Álvaro no ha venido porque está enfermo, así que te toca sustituirle.

—No sé si sabré –digo poniendo cara de inocente.

—Si no eres capaz, ponemos a otro –responde tajantemente el bruto ese–. Juegas de portero o no juegas... ¿vale?

Sin decir nada para no enfadarle, me dirijo a la portería.

Ahí están las chicas. Se han sentado en la escalera y nos miran mientras se comen el bocadillo. No estoy seguro, pero me parece que se están riendo de mí.

—¡¡¡Gooool!!! –gritan algunos.

¿Quién ha metido un gol tan pronto?

—¡Mira que eres idiota! –grita Gilberto.

Y me lo está gritando a mí. Y oigo reír a las chicas... Y todos me miran.

—Te han metido un gol y ni te enteras –me dice Gilberto dándome golpecitos en el pecho con el dedo–. Despiértate o vete con las niñas.

—Lo siento, no volverá a ocurrir.

Apenas ha empezado nuevamente el juego cuando una piel de plátano me cae encima de la cabeza. No tengo tiempo de mirar quién la ha lanzado y me ocupo de quitarla de la portería cuando la pelota entra nuevamente ante mis narices.

—¡Fuera de aquí, imbécil! –grita Gilberto–. ¡Lárgate de aquí!

—Ha sido por culpa del plátano –me disculpo.

—¡Tú sí que eres un plátano! –chilla Ricardo desde detrás, masticando algo.

—Ricardo, ocupa el puesto de este tontaina –ordena Gilberto.

—A la orden, jefe –dice éste de inmediato.

Yo estoy un poco despistado y no sé qué hacer ni adónde ir.

—¡Sal del campo! –grita alguien–. ¡Que tenemos que jugar!

Ahora sí que se ríen todos de mí. Ahora sí que soy el tonto de la clase.

—David –me llama alguien–. Ven aquí, si quieres.

Es Félix. Félix no juega nunca al fútbol y no le gusta nada discutir con los demás. A mí me recuerda al profesor Tornasol, el sabio despistado, amigo de Tintín, que nunca se agobia por nada.

—¿Qué quieres? –le digo cuando estoy cerca de él.

—Nada –responde–. Te llamaba por si querías estar conmigo.

—Hoy no tengo ganas de estar con nadie –le respondo–. Hoy tengo un mal día.

—Sí, hoy también tienes un mal día –responde, ofreciéndome un trozo de chocolate.

Las cosas dulces me gustan mucho. Y en casa, siempre que estoy de mal humor, me gusta comer flanes o cosas así. Pero no se lo digo a Félix, aunque le cojo el chocolate.

—Son unos brutos –me dice un rato después–. Sólo se divierten cuando hacen llorar a alguien.

—Sí, ya lo sé –respondo mientras me seco las lágrimas con la manga del jersey.

Tintín, El capitán Haddock, el profesor Tornasol y yo estamos atados al poste de tortura. Los incas nos rodean y hacen sus ritos macabros. La ceremonia está a punto de empezar: "¡Ha llegado la hora del sacrificio!", grita el Gran Sacerdote. Van a encender la hoguera para quemarnos vivos.

El Gran Sacerdote del Sol se acerca con una gran lupa que servirá para encender la hoguera. ¡Nos van a quemar vivos!

¡Estamos perdidos! Sólo tenemos la ayuda de Milú, que gruñe y ladra, pero poco puede hacer para salvarnos.

—El recreo está a punto de terminar –me dice Félix–. Volvamos a clase.

—Sí –respondo–, será lo mejor.

—Esta tarde, después del colegio, he quedado con Julita y Leticia para tomar unos caramelos. Si quieres, puedes venir.

—No sé si podré –le respondo–. Tengo deberes atrasados.

—Puedes hacer los deberes por la noche –dice mi amigo.

—Por la noche tengo que leer.

—Bueno, tú verás –dice un poco cortante–. Estaremos a las ocho en *Golosinas*. Si quieres, vienes.

En ese momento, Leticia y Julita se nos acercan.

—Hola, David –me saluda Julita.

—Hola –respondo tímidamente.

Leticia no dice nada, se conforma con hacerme un gesto con la cabeza a modo de saludo.

—A lo mejor viene esta tarde a *Golosinas* –les dice mi amigo Félix–. Le acabo de invitar.

—No sé si podré ir –digo–. Tengo muchos deberes.

—Ojalá puedas venir a tomar caramelos con nosotras –dice Julita–. ¿Verdad, Leticia?

Antes de que Leticia responda a la pregunta, Gilberto se ha acercado a nuestro grupo.

—¿Qué hacéis con este tontaina? –dice en tono de burla–. Se cree un héroe de tebeos, pero es un muñeco.

El señor Torres aparece justamente en el momento en que yo le iba a responder.

—¡A clase, niños! ¡Venga, que ya es tarde!

3

*G*OLOSINAS es una pequeña tienda de caramelos que está cerca de mi casa.

Pero nunca he entrado en esa tienda solo. Algunas veces he ido con mi madre a comprar caramelos para mi padre cuando estaba dejando de fumar y como estaba muy nervioso se pasaba todo el día comiendo caramelos y panchitos. Es una tienda muy bonita decorada con muchos colores: amarillo, rosa, azul... y tiene una luz muy blanca y todo se ve muy claro. Sobre todo, los caramelos.

Creo que iré esta tarde a comprar alguna cosa, y a lo mejor me encuentro con Félix y las chicas.

—Para mañana, me traéis los deberes bien terminados –dice el profesor cuando toca el timbre que siempre suena al final de la clase–.

Y tú, David, me traes también los de ayer... ¿Entendido?

—Sí, señor –le respondo, poniéndome en pie.

—Bien, pues hasta mañana a todos –dice abriendo la puerta de la clase para que podamos salir–. Portaos bien.

El señor Torres tiene mucho interés en que nos portemos bien también fuera de clase, pero no comprendo cómo nos vamos a portar bien en la calle si no lo hacemos en clase estando él para vigilarnos. En la calle sabemos que hay policías vigilando por todas partes y eso nos asusta un poco, aunque creemos que es muy difícil que nos pille un policía cuando hacemos alguna travesura.

—¿Te vienes a poner petardos en los portales? –dice mi compañero de pupitre. Como se llama Cejudo de apellido, todo el mundo se ríe de él porque tiene unas cejas muy grandes. Yo procuro ir con cuidado con Cejudo porque dicen que es muy amigo de Gilberto y que le cuenta todo.

—Tengo muchos deberes hoy –respondo–. Tengo que ir a casa.

—A ti lo que te pasa es que eres un cagueta –me suelta pasándome la mano por el hombro–. Te pasas la vida leyendo tonterías y no tienes valor para hacer cosas de verdad.

—¡Eso no es verdad! –protesto–. ¡Sí que me atrevo!

—Pues vamos a verlo –dice, riéndose de mí.

A veces me complico la vida yo solo. No sé de dónde voy a sacar tiempo para realizar todas las cosas que quiero hacer hoy. Además, esto de andar explotando petardos para asustar a la gente no me gusta nada. Y creo que a Tintín tampoco.

Lo que pasa es que no es cuestión de quedar como un cobarde. Si no fuera por eso... Salgo con mi compañero Cejudo y en la calle nos encontramos con Gilberto, Gerardo y Pepa.

—¿Éste también viene? –pregunta Gilberto en un tono de desprecio que no me gusta nada.

—Sí –responde Cejudo–, le he invitado yo.

—No creo que nos sirva para nada –dice Pepa–. Es tonto.

—Esto no es cosa de chicas –le responde Cejudo–. Vete con las otras niñas.

—Échame tú si te atreves –contesta ella muy fanfarrona–. ¡Venga, valiente!

—Dejaos de tonterías y vámonos –ordena Gilberto, que también aquí es el jefe.

En ese momento, pasa cerca de nosotros el señor Torres y nos saluda.

—Adiós, niños. Hasta mañana. Portaos bien.

Y nosotros le decimos que sí, que nos vamos a portar bien.

Apenas se ha metido en su coche, salimos corriendo hasta que perdemos de vista el colegio y llegamos a una calle poco frecuentada. Quiero decir que hay poca gente paseando y apenas hay luz porque hay pocas farolas.

—En esa casa hay un portero que es tan gordo que apenas puede correr –dice Gilberto en plan espía–. Si le ponemos un petardo doble, le pegaremos un susto de narices y no podrá hacer nada.

—Sí, será divertido –dice Pepa–. Quiero lanzar yo el petardo.

—No –contesta Cejudo, mirándome–, que lo ponga éste, que dice que es muy valiente.

—No tiene agallas –responde Gilberto–. Será mejor que lo pongamos nosotros. Este tonto lo único que sabe hacer es correr.

—¡No! –respondo un poco enfadado–. ¡Yo lo pondré!

—Venga, payaso. No nos hagas perder el tiempo –dice Gilberto con mucho desprecio.

—¡He dicho que me atrevo y quiero ponerlo!

Todos me miran y se sonríen.

—Mira el gallito –dice Pepa–. Se cree muy hombre.

—Pues déjale que lo haga –dice Cejudo–. A lo mejor le explota en las manos.

—Sí, será interesante ver cómo se raja antes de lanzarlos –dice Gilberto–. Dáselos.

Pepa abre su cartera y me entrega un paquetito.

—Aquí tienes los petardos y aquí están las cerillas.

—¿Cuántos petardos vamos a poner? –pregunto como si fuera un experto en explosivos.

—Con dos será suficiente –dice Gerardo–. Es un portal pequeño y hará mucho ruido.

—Bien –digo, atando dos petardos con una goma que me entrega Pepa–. Ya veréis el petardazo que va a pegar.

Con todo el equipo preparado, me acerco sigilosamente a la casa mientras los demás me esperan escondidos en la esquina.

Paso delante del portal para explorar y asegurarme de que no hay peligro. Todo está en orden, no hay ningún vecino a la vista, en la portería hay luz y se ve a alguien a través de la cortina de la puerta.

Me detengo a dos metros del portal y vuelvo sobre mis pasos despacio. Estoy nervioso y me palpita el corazón. Supongo que a Tintín le debe de pasar lo mismo cuando va a hacer algo extraordinario. La verdad es que se pasa un poco de miedo, aunque no hay que decírselo a nadie porque si no pensarían que eres un cobarde.

Ya estoy delante del portal. Abro la caja de cerillas, se me caen algunas al suelo, pero mantengo la calma y consigo encender una. Sin embargo, el viento la apaga antes de encender la mecha de los petardos. Miro a mi alrededor y no hay nadie. Oigo la voz de Gilberto, que me chilla que soy un "cagao" o algo así. Consigo encender una nueva cerilla y la protejo con la otra mano. Después, prendo la mecha, que es muy corta y... lanzo los petardos al portal.

Tengo ganas de salir corriendo, pero no puedo hacerlo hasta que exploten porque si no me dirán que soy un cobarde y tendré que hacerlo otra vez para demostrar que no tengo tanto miedo como ellos se creen.

¡¡¡Plaaaaaafffff!!!

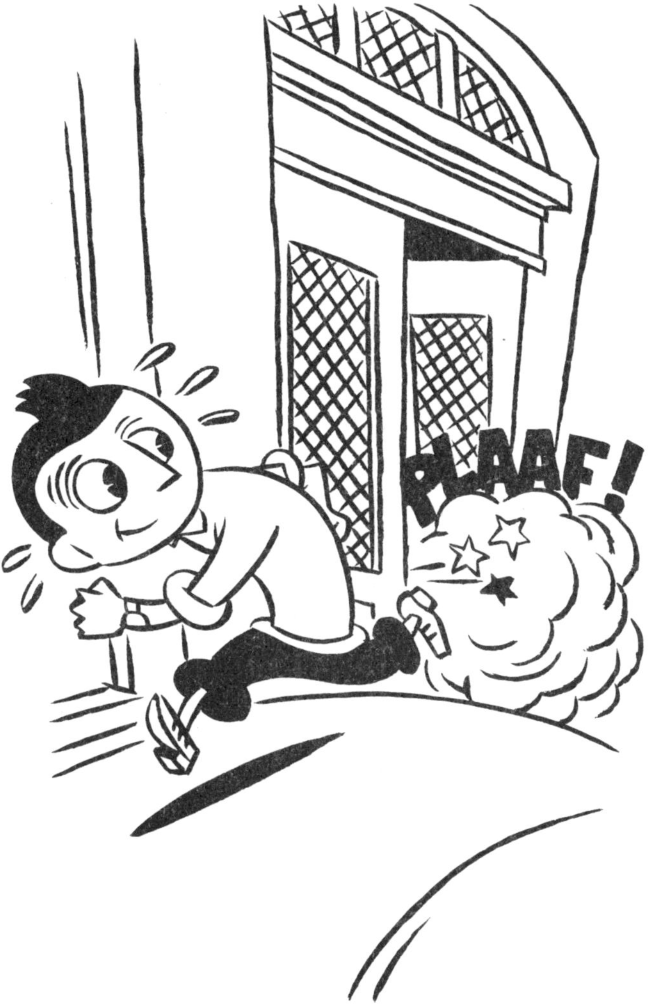
PLAAF!

Ha sido una explosión magnífica. Igual que cuando Tintín se metió en el polvorín secreto de la banda de Müller y todo empezó a explotar hasta que el capitán Haddock vino con la policía a salvarle. ¡Exactamente igual que Tintín!

Empiezo a correr hacia mis amigos cuando oigo la voz de un hombre que me grita:

—¡Gamberro...! ¡Párate, sinvergüenza...! ¡Te vas a enterar, especie de animal...!

La verdad es que me recuerda al capitán Haddock cuando se pone furioso. Lo que pasa es que el capitán diría otras cosas más raras.

"¡Especie de iconoclasta! ¡Filibustero, ectoplasma!"

Me he distraído pensando en otras cosas y me doy cuenta de que es tarde cuando una mano me sujeta con fuerza por el hombro.

—Te he pillado, maldito crío –dice la voz del hombre–. Te voy a llevar a la comisaría para que te fichen y te metan en la cárcel.

No sé qué ha pasado. No entiendo cómo un gordinflón ha podido cogerme con lo que yo corro. Porque otra cosa no seré, pero sí soy un buen corredor.

Casi a rastras, me vuelve a meter en el portal y entramos en la portería. El hombre cierra la puerta detrás de nosotros y yo empiezo a llorar, muerto de miedo.

—Eres un gamberro –grita el hombre–, y voy a hablar con tus padres para que se enteren de la clase de hijo que tienen.

Estoy apoyado contra la pared y no paro de llorar. No sé qué hacer. Estoy muy asustado.

—Vamos a llamar a tu casa –dice el hombre dirigiéndose hacia el otro lado de la habitación, hacia el teléfono–. Dame el número.

No digo nada. Prefiero que me pegue antes que darle el número de teléfono de mi casa.

—¿Prefieres ir a la comisaría? –me pregunta, apuntándome con el puño.

—Cinco, tres, seis... –digo mientras el hombre cruza la habitación hacia el teléfono.

Pero algo me llama la atención... ¡Ese hombre no es gordo!

—A ver, repite –dice mientras coge el auricular–. Y dilo despacio.

—Cinco... tres... mmm... dos...

Mis amigos me han tendido una trampa. Todo ha sido una burla.

—... cuatro...

En ese momento, la puerta se abre y entra una mujer.

—¿Qué pasa aquí? –dice en cuanto me ve–. ¿Quién es este niño?

—Es un gamberro –responde el hombre, dejando de marcar–. Es el que pone los petardos en el portal...

La mujer se inclina para dejar en el suelo las bolsas que trae y, antes de que vuelva a cerrar la puerta, le doy un empujón y salgo corriendo a la calle.

—¡Vuelve aquí, miserable granuja! –grita el hombre desde dentro de la casa–. ¡Te vas a enterar cuando te pille...!

Antes de salir del portal, miro hacia atrás y le veo ayudando a la mujer a levantarse. Y sin pensarlo más tiempo, salgo corriendo en dirección a mi barrio.

Tintín, su perro Milú y yo hemos pasado la noche durmiendo bajo las estrellas, después de haber huido de unos vaqueros que querían lincharnos.

Nos extraña ver cómo algunos animales pasan a nuestro lado, como huyendo de algo.

Entonces, descubrimos una gran columna de humo: ¡la pradera está ardiendo y el fuego viene hacia nosotros!

Aunque empezamos a correr lo más rápido posible, el fuego está a punto de alcanzarnos...

Afortunadamente, llegamos al río y nos lanzamos de cabeza al agua. ¡Nos hemos salvado por los pelos!

4

Desde lejos veo a Félix en la puerta de *Golosinas*.

Ya he dicho que en ese sitio hay mucha luz y se ve todo muy bien. Lo malo es que Félix está solo. Yo creía que estaría con las chicas, sobre todo con Leticia.

—¿Qué te pasa, chaval? –me pregunta Félix cuando me acerco a él–. Vaya pinta que traes.

—Es que... he tenido que correr un poco –respondo con la voz entrecortada–. Quería venir pronto.

—Pues has llegado un poco tarde. Estábamos a punto de irnos.

—¿Irnos?

—Las chicas y yo –responde.

—¡Hola! –dice una voz detrás de mí.

—¿Qué tal? –dice otra voz de chica.

Me quedo un poco cortado cuando veo que se trata de Julita y Leticia. Hago un esfuerzo y trato de sonreír.

—Yo... bueno, estoy bien.

—Ha venido corriendo para estar con nosotros –dice Félix.

—¡No...! Bueno, no es eso. Sí, he venido corriendo, pero no para...

—¿No quieres estar con nosotras? –pregunta Leticia.

—Si quieres irte –la apoya Julita–, lo dices y ya está.

Me he vuelto a meter en un lío. No sé qué decir, no sé qué hacer. Si me pongo a llorar de nuevo, pensarán decididamente que soy un payaso.

—¿Queréis caramelos? –digo metiendo la mano en el bolsillo para que entiendan que tengo dinero–. Puedo invitaros si queréis.

—¿Seguro que tienes dinero? –pregunta Julita, que es una desconfiada–. A ver si vamos a pedir y luego no tienes para pagar.

—Sí, mira –respondo enseñando un puñado de monedas–. Podéis pedir lo que queráis.

—¿Cómo es que tienes tanto dinero? –pregunta Félix con mucho interés.

No me parece bien explicarles que se trata de mis ahorros del mes y que los llevo encima para comprarme el álbum y unos cuantos sobres de cromos de Tintín.

—Bueno... –digo, como si no tuviera importancia–, es que no me gusta salir de casa sin dinero.

—Ya –responde Félix con poco convencimiento.

Entramos en la tienda y nos ponemos a mirar las estanterías en busca de algo que nos guste. Hay muchos frascos de cristal llenos de caramelos, palotes, *chupa-chups* y mil cosas más. Cada uno de un color distinto, de una forma diferente y de todos los tamaños. Es para volverse loco.

—¿Qué queréis, niños?

Es el señor Plans, el dueño de la tienda. El señor Plans es un poco antiguo: es calvo y le brilla mucho la cabeza, lleva gafas pequeñas y redondas, un pequeño bigote y una ridícula pajarita roja y blanca que parece un caramelo.

—Estamos mirando –le respondo con mucha educación.

—Aquí no se viene a mirar, jovencito –me dice con ese estilo tan repipi que tiene–. Aquí se viene a comprar.

Saco las monedas del bolsillo y se las enseño.

—Podéis mirar –me dice–, pero no tardéis mucho en decidiros.

—Yo quiero de éstos –dice Julita, que en ese momento está con Félix.

El señor Plans se acerca a ellos.

Entonces me doy cuenta de que Leticia está sola y decido aprovechar la oportunidad.

—¿Ya sabes lo que quieres? –le pregunto, acercándome por detrás.

—No estoy segura –responde ella–. Me gustan todos.

—Mira éstos, son masticables y tienen forma de mora. Están buenísimos.

—Ya... –contesta alejándose un poco de mí.

Me vuelvo a acercar a ella y, con un poco de timidez, le digo:

—Somos vecinos. Vivimos en el mismo barrio...

—Sí –responde mirando un envase de cristal con caramelos de color rosa–, y también vamos al mismo colegio... y estamos en la misma clase.

—Sí, y me alegro.

—Pero no somos novios.

—¿Eh...? ¿Cómo...?

—No te hagas el tonto conmigo –responde sin mirarme–. Yo no quiero nada con un chico como tú.

—Yo no... –digo titubeando.

—Vives en la luna –dice sin mirarme.

Hago que me intereso por unos caramelos que parecen corazones y después lo intento de nuevo.

—¿Te gusta Tintín?

—A lo mejor.

—Es mi personaje favorito –insisto.

—A ti sólo te gustan las fantasías.

Me entra mucha vergüenza cuando me dice eso. Es la primera vez que me pongo tan colorado. Noto que las mejillas me arden. Es como si tuviera fuego en la cara.

—Me gustan las historias de Tintín porque son muy divertidas.

En aquel momento, Julita y Félix se acercan a nosotros.

—¡Mirad lo que hemos comprado! –dicen casi a la vez, enseñándonos una bolsa llena de caramelos de colores.

—Pues nosotros no nos hemos decidido todavía –contesto.

—Entonces os esperamos fuera –dice Julita.

—Yo ya sé lo que quiero –dice Leticia cuando nos quedamos solos.

—¿Sí? –pregunto ilusionado.

—Nada –responde–. No quiero nada.

—¿Cómo?

—No quiero que me invites a nada hasta que no dejes de hacer el payaso.

Y, dándose la vuelta, sale de la tienda dejándome con un palmo de narices.

—Bien, jovencito..., ¿ya sabéis lo que queréis? –me pregunta en ese momento el señor Plans.

—El caso es que... –digo titubeando–. Creo que hoy no vamos a comprar nada.

—¿Y para eso habéis estado tanto tiempo dando vueltas por aquí? –dice el hombre con cara de enfado.

—Bueno, es que...

—Ni es que ni nada. Aquí se viene a consumir, no a presumir –insiste el tendero–. Ven a la caja a pagar lo que han comprado tus amigos.

Me entrega el tique de caja y pago sin rechistar, aunque me parece un poco caro.

Salgo de la tienda para reunirme con mis amigos, que me esperan fuera.

—¿Están buenos esos caramelos? –les pregunto.

—No están mal –dice Julita–. ¿Quieres uno?

Me dispongo a coger alguno cuando vuelve a aparecer el señor Plans.

—Eh, chicos... Aquí no se puede estar. Poneos un poco más allá, que me espantáis la clientela.

Le miramos con mala cara y estoy a punto de decirle algo, pero me contengo.

—Bueno, adiós –dice entonces Leticia–. Es tarde y me tengo que ir a casa.

—Si quieres podemos ir juntos, ya sabes que somos vecinos –digo rápidamente.

Ella no responde, se encoge de hombros y comienza a caminar sin esperarme.

Mi madre actúa igual cuando mi padre quiere decirle algo y ella está un poco enfadada.

—¡Hasta mañana, chicos! –les digo a Julita y a Félix–. Nos veremos en clase.

—Sí –dice él–, ya nos contarás.

Corro un poco hasta ponerme a la altura de Leticia, pero no digo nada para no molestarla. La verdad es que no parece de muy buen humor.

Un rato más tarde, nos detenemos ante un portal.

—Ya he llegado –dice, mirándome fijamente–. Mañana nos veremos en clase.

—Si quieres –le digo–, mañana te puedo traer un libro de Tintín en el que hay una chica.

—Lo que quiero –responde– es que dejes de ser el tontorrón de la clase.

—Entonces... ¿Lo leerás si te lo traigo?

—No sé.

—Se titula "Las joyas de la Castafiore" y sale una chica morena... como tú. Ya verás como te gusta.

—Tráelo y ya veremos si me lo leo –dice mientras agita levemente la mano para despedirse. A continuación se da la vuelta y se mete en su portal.

Me quedo un ratito observándola cuando un señor cargado con una caja grande me da un empujón, me doy cuenta de que es muy tarde y salgo corriendo hacia mi casa.

El capitán Haddock, Milú, Tintín y yo estamos dando un paseo por el bosque de Moulinsart cuando, de repente, oímos llorar a una niña. Inmediatamente, nos acercamos a ella para ayudarla.

Se trata de una gitanilla que se ha perdido y que tiene aproximadamente mi edad.

El capitán, que es un poco brusco, discute con ella. La niña huye de nosotros después de dar un mordisco al viejo marinero.

Nos quedamos cuidando la mano de nuestro amigo cuando los ladridos de Milú nos alertan y salimos corriendo en busca de la niña temiendo que le haya pasado algo grave y... ¡la encontramos desmayada al pie de un árbol!

Tintín y yo la ayudamos a levantarse, la acompañamos hasta el campamento gitano en el que vive y nos despedimos de ella.

5

En el portal me encuentro con el señor Valentín. Siempre he sabido que ese señor me odia. Cada vez que se encuentra conmigo, me insulta o me dice algo.

—¿Qué haces tú aquí, pequeño salvaje? –me dice al reconocerme.

—Voy a casa, que es muy tarde –le respondo con educación, tal y como me enseñó mamá.

—De dónde vendrás tú a estas horas –sigue protestando el anciano cascarrabias.

No le respondo y procuro no hacerle caso. Acelero el paso para perderle pronto de vista y subo las escaleras corriendo.

—Sí, corre a esconderte, que ya hablaré yo con tus padres para que sepan qué clase de salvaje tienen en casa... –le oigo gritar desde abajo.

Cada vez lo mismo. Siempre que me lo encuentro, pasa lo mismo. Yo no sé qué le he hecho a este señor.

Llego a casa y se lo cuento a mamá.

—Es la edad, hijo –me dice–. Hay personas que envejecen mal, que están todo el día de mal humor, siempre enfadadas.

—¿Y le gusta vivir así? –le pregunto. Ella sabe mucho de las cosas de las personas.

—En realidad, no se da cuenta de lo que hace. Para él es un estado natural. Ya ha olvidado lo que es estar bien... ¿Entiendes?

—¿Cómo puede estar siempre así? –le digo. Y para que me entienda mejor, pongo cara de gruñón.

Ella suelta una pequeña sonrisa antes de responderme.

—Pase lo que pase, nunca debes responderle mal –me advierte–. ¿Prometido?

—Sí, mamá, te lo prometo.

—Bien. ¿Tienes deberes hoy? –me pregunta de sopetón.

—Eeeh... unos pocos. Pero son muy fáciles –le respondo con una sonrisa.

—¿Quieres que te ayude?

—Nooo, no hace falta –insisto–. Ya los hago yo solo.

—Bueno, pues si quieres te vas a tu habitación y, mientras los haces, yo hago algunas llamadas por teléfono –dice algo convencida–. Cuando venga papá, cenaremos.

Me meto en mi habitación sin decir nada y me siento en mi mesa de trabajo. Abro la cartera y saco mis libros y cuadernos y me pongo a hacer los deberes antes de que las cosas se compliquen.

Me pongo a pensar un ratito en mi amiga Leticia y me acuerdo de que le he prometido llevarle un libro de Tintín. Lo mejor es meterlo en la cartera ahora mismo, antes de que se me olvide.

Me levanto y rebusco en la librería hasta que lo encuentro.

"Las joyas de la Castafiore" es uno de mis tomos favoritos.

No es que tenga mucha acción, pero es una historia muy bonita.

Trata de unos gitanos que se instalan cerca del castillo del capitán Haddock. Entonces empiezan a desaparecer cosas y les echan la culpa a los gitanos. Pero Tintín descubre la verdad y los salva de ir a la cárcel.

Hay una gitana muy guapa, que me recuerda a Leticia porque es morena.

Me vuelvo a sentar y comienzo a hacer mis deberes rápidamente.

—¡Hola, Tigre! –dice mi padre abriendo la puerta.

Me ha pillado haciendo los deberes de ayer.

—¿Qué haces? –pregunta, acercándose a la mesa.

—Nada importante...

—¿Estás haciendo deberes?

—Bueno...

Se sienta a mi lado y me coge el cuaderno.

—A ver, déjame que le eche un vistazo...

Mi padre es muy entusiasta con las cosas que le divierten y rápidamente se pone a hacer mi trabajo.

—Espero que estos deberes estén mejor que los que hicimos el otro día, muchacho –me dice con buen humor.

Nos reímos juntos un poco.

—¿Qué estáis haciendo los dos ahí dentro? –pregunta mamá asomando la cabeza por la puerta entreabierta.

—Los deberes –responde él alegremente–. Pero ya nos queda poco. Casi hemos terminado.

—¿Estás haciendo los deberes del niño? –pregunta ella muy extrañada.

—Claro, como siempre. ¿Es que no te parece bien?

—Pues la verdad es que no. Después de lo que pasó ayer –dice ella con un tono de reproche.

—Eran muy poquitos deberes, mamá. Y lo que queda lo puedo terminar yo solo –intervengo.

—Espera un poco –dice mi padre, levantándose–. ¿Cuál es el problema de que yo ayude al niño a hacer los deberes?

—Hombre, si te parece poco lo de ayer...

—Tengo hambre... Me gustaría cenar –digo tratando de cortar la discusión.

—Sí –dice ella–, es lo mejor.

Mamá sale de mi habitación y papá se va tras ella y yo los oigo discutir. Incluso en la cocina siguen con sus gritos y cada uno acusa al otro de cosas extrañas que yo no acabo de comprender bien.

Luego, durante la cena, todo es silencio. Nadie habla y todos miramos la televisión. Ponen un concurso con gente que se tira a una piscina para coger monedas con la boca, pero a nosotros no nos hace gracia.

Recogemos la mesa en silencio y, después de meter mis platos en el lavavajillas, les doy un beso a cada uno, me vuelvo a mi habitación y me acuesto.

El profesor Tornasol, el capitán Haddock, Milú, Tintín y yo nos internamos corriendo en la selva perseguidos por los soldados del terrible general Tapioca.

A nuestras espaldas suenan los disparos cuando nos encontramos con el camión de los guerrilleros que va a transportarnos hasta el campamento de las fuerzas rebeldes.

De repente, un pequeño mono se interpone en nuestro camino y, para no atropellarle, nos salimos de nuestra ruta cuando un obús hace explosión a pocos metros de nosotros...

¡Los soldados nos están cañoneando!

Quieren acabar con nosotros antes de que nos reunamos con las fuerzas rebeldes que pretenden derribar la dictadura de este pequeño país centroamericano.

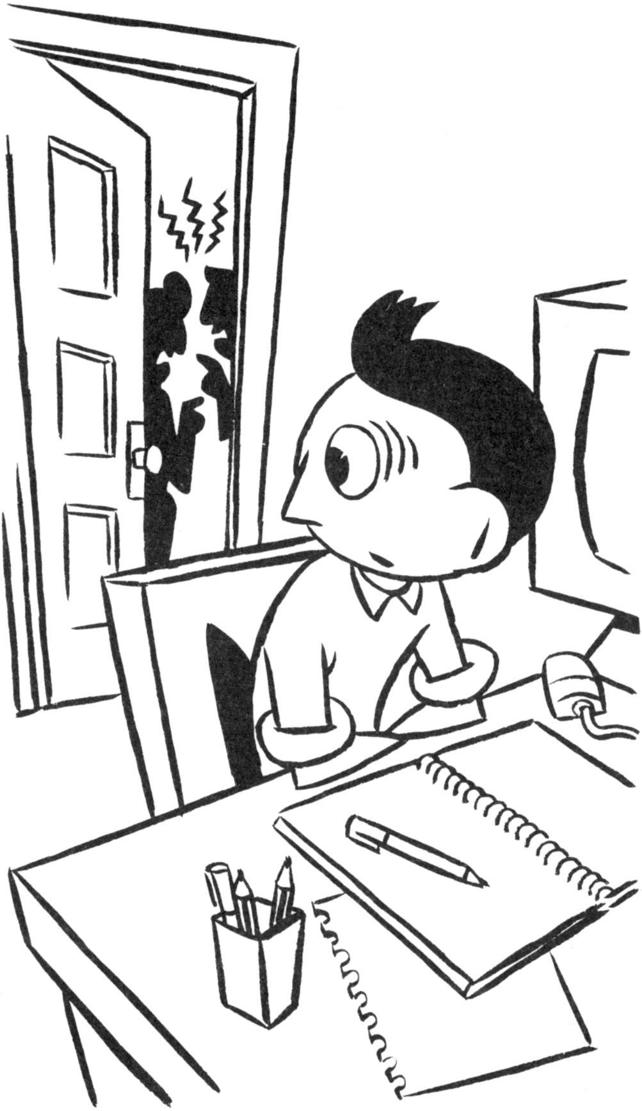

6

—¿Has hecho los deberes? –me pregunta el profesor Torres al llegar a la clase y sin darme tiempo a sentarme.

Saco mi cuaderno de la cartera y se lo dejo encima de la mesa.

—Aquí está todo lo que me mandó –le digo.

—Siéntate, ya hablaremos luego.

Hoy estoy de mal humor. Desde que anoche Leticia no quiso que le comprara caramelos, estoy nervioso. Me despistó y no comprendo todavía a qué venía aquello. Porque los caramelos le gustan, eso seguro. Pero no quiere que yo se los compre. Y no lo entiendo.

Eso es lo que me pone de mal humor.

Aunque no me lo note nadie, estoy de muy mal humor. Y ahora que estoy viendo a Cejudo, el que se sienta conmigo, me estoy poniendo peor.

—Hola, muñeco –me dice Cejudo apenas me siento en nuestro pupitre.

—Yo no soy un muñeco –le respondo.

—Pues anoche corrías como un muñeco –me contesta sonriendo.

Decido no hacerle caso y me pongo a lo mío. Dice mamá que dos no discuten si uno no quiere, y yo no quiero. Bueno, sí quiero pero no me apetece. En este momento, no.

—Como siempre, vuestro querido compañero David ha vuelto a fallar –dice el señor Torres–. Fijaos en los deberes que nos ha traído.

Levanta la mano y enseña una hoja de papel que tiene unos garabatos.

—¿Sabéis qué es esto? –dice en tono burlón–. Pues el señor David es un artista, sí señor. Nos ha hecho un bonito dibujo, ¿verdad...?

Como me está mirando, me tengo que levantar. Pero no le respondo.

—¿Quieres explicarnos qué significa este dibujo?

Dejo pasar un ratito antes de contestar.

—Pues... es un dibujo de Tintín.

—¿Y qué más?

—Está hablando con una niña... Es una gitana –respondo.

—¿Crees que es mejor gastar tiempo en hacer dibujitos que hacer bien los deberes?

Ahora sí que no respondo. Porque tendría que decirle que también me gusta hacer dibujos de Tintín aunque a él no le guste.

—Eres un caso perdido, David. Si no cambias, no sé qué será de ti.

Como entiendo que ha terminado de meterse conmigo, me vuelvo a sentar. Él, al ver que me siento, cambia de tema y comienza la clase de matemáticas.

—No sé cómo lo haces, pero consigues llamar siempre la atención –me dice Cejudo muy bajito.

—¡Cállate! –le digo con furia. Él no lo sabe, pero estoy de muy mal humor.

—Por mucho que te lo quieras creer –me dice–, no eres Tintín. Él es más listo que tú.

A mí no me gusta pelear, no quiero discutir. Pero mi paciencia se ha terminado. Levanto la mano y le suelto un bofetón.

—¡Me ha pegado! –se pone a gritar–. ¡Me ha pegado!

Ya noto que el profesor me está mirando y se va a armar una de mucho cuidado. Así que decido despacharme a gusto.

—¡Toma! –le digo mientras le doy todas las bofetadas que puedo–. ¡Toma y toma...!

El señor Torres viene corriendo hacia nosotros y nos separa. Me coge del brazo y me lleva hasta su mesa, pero a mí me da todo lo mismo. Oigo llorar a Cejudo y me pongo un poco más contento.

—Ya empiezo a estar harto de ti –me dice el profesor–. Voy a llamar a tus padres para que vengan a hablar conmigo.

—Yo no le he hecho nada –grita Cejudo.

—Sal de la clase y márchate a tu casa ahora mismo –me ordena el profe–. Mañana hablaré contigo seriamente.

Me acerco a mi pupitre y cojo mi cartera. Después salgo rápidamente de la clase.

Pero aunque él me lo ordene, no voy a ir a mi casa todavía. En primer lugar porque es pronto y no habrá nadie. Mis padres están trabajando y no llegan hasta por la tarde. Así que de momento me voy a esconder en el retrete del colegio, que es donde menos gente hay.

En el retrete, con la puerta bien cerrada, saco el libro de Tintín que le traía a Leticia y me pongo a leerlo.

La verdad es que Tintín es muy listo.

Es el único que descubre que los gitanos son inocentes. Y que no pueden ser los ladrones porque jamás entran en la casa.

Realmente, Tintín siempre está haciendo algo para ayudar a los que le necesitan.

Si pudiera ayudarme a mí.

Si alguien pudiera ayudarme. Si alguien, igual que hace Tintín con sus amigos, viniera en mi ayuda y me sacara de este ambiente que me disgusta.

Pero no creo que eso ocurra, nadie sabe que necesito ayuda.

La verdad es que no se lo he dicho a nadie, por eso es normal que no lo sepan. Así que el único que lo sabe soy yo. O sea, que si alguien puede ayudarme, soy yo mismo.

Debe ser la hora del recreo porque oigo gritar a los otros niños. Pero no pienso salir de aquí. Hoy no voy a jugar con nadie. No volveré a jugar con nadie hasta que esté seguro de que voy a hacer las cosas bien.

—David está cada día más tonto –le oigo decir a Gilberto, que acaba de entrar–. Mira lo que ha hecho hoy.

—Sí –le responde Cejudo–, vaya tontería lo del dibujo. Eso lo hace porque quiere ser novio de Leticia.

—El novio de Leticia voy a ser yo –dice Gilberto.

—Eso es –contesta el otro–. Tú te lo mereces más.

No se han dado cuenta de que estoy aquí y procuro no hacer ruido. No me muevo y casi no respiro. Bueno, respirar, sí respiro, pero bajito.

Entonces entran otros niños y ya no oigo lo que dicen, pero siguen hablando de Leticia. Y de mí.

¿Le quitaría alguien la novia a Tintín?

Estoy seguro de que no. Tintín no tiene novia porque no quiere. Porque tiene que ir de aventuras y no le queda tiempo para conocer chicas. Pero si quisiera tener una novia, la tendría y nadie se la quitaría.

Yo quiero que Leticia sea mi novia, pero parece que se hará novia de Gilberto. Bueno, eso será si ella quiere, claro. Porque Leticia sabe a quién quiere y a quién no quiere. Y yo creo que a Gilberto no le quiere mucho. Algo sí le gusta. Pero sólo porque es el más fuerte de la clase, nada más.

A mí me trata mal, pero me parece que algo sí me quiere. Aunque no quiera que le compre caramelos. Pero sí quiere que le lleve un libro de Tintín. Y si no me quisiera nada de nada, no hablaría conmigo y no me habría dejado acompañarla a su casa como pasó anoche.

Pues yo creo que Leticia sí va a ser mi novia. Aunque ese bruto de Gilberto trate de impedirlo. Eso es lo que ha estado haciendo todo el tiempo, dejarme como un idiota delante de ella.

Pero no le va a salir bien.

Voy a hacer todo lo posible para que las cosas me vayan mejor y todos me miren como a los otros niños que no son tan tontos como yo.

Eso es lo que haría Tintín.

Así que voy a empezar por salir de aquí y prepararme para hacer lo que tengo que hacer, que me parece que el recreo ha terminado.

Chang, Milú, Tintín y yo estamos en una oscura cueva del Tíbet. En la entrada de la gruta aparece la terrorífica figura del gigantesco Hombre de las Nieves... ¡El temible Yeti está a punto de atacarnos!

Milú, muerto de miedo, se esconde tras una roca y el monstruo se abalanza sobre nosotros. Nuestro amigo Chang está herido y nuestra única arma es el piolet de Tintín, pero eso no asusta al Yeti.

De repente, el flas de la cámara de fotos de Tintín se dispara... ¡y deslumbra al monstruo de las nieves!

Parece que eso le ha enfurecido y nuestra vida corre más peligro que nunca, pero... El Yeti, asustado por el fogonazo, emprende la huida arrollando al pobre capitán Haddock, que venía en nuestra ayuda.

¡Un simple fogonazo de luz ha espantado al más terrible monstruo de las cumbres nevadas!

7

He pasado casi todo el día paseando por la calle y me he metido en muchos sitios para dejar pasar el tiempo hasta que Leticia saliera del colegio.

He estado en El Corte Inglés, que es donde compra mamá todas las cosas de vestir y algunas de comer, y he comprado un pequeño regalo para Leticia. Creo que le gustará. Se trata de un frasquito de colonia para niñas que se llama *Cariño*. Y ahora, cuando salga, se lo daré. Y además, si quiere, la invitaré a unos caramelos. Y después, la acompañaré a casa y le prestaré mi libro de Tintín.

Creo que con todo eso me perdonará por ser tan tonto.

Ya han empezado a salir del colegio. Ahí reconozco a algunos de mi clase... Pepa, Cejudo, Gilberto... y ahora salen algunos más.

Está anocheciendo y no lo distingo bien, pero me parece que... sí, ahí está, ya veo a Leticia acompañada de Julita y de Félix.

Me gustaría acercarme ahora mismo, pero Gilberto y los otros se han unido a ellas y les están hablando. Se han detenido y están riendo. Seguro que Gilberto se está haciendo el listo.

Ahora empiezan a andar, y van todos juntos. Cejudo está entreteniendo a Pepa, a Julita y a Félix. Les hace andar más despacio y así Gilberto puede ir solo con Leticia.

Ya le daré yo mañana a ese traidor de Cejudo. Cuando está conmigo, hace como que es amigo mío, pero cuando no estoy, se pasa al bando de Gilberto. Y eso que sabe muy bien que Leticia me gusta.

Lo mejor que puedo hacer ahora es seguirlos.

Como hay mucho barullo de gente, me resulta fácil que no me vean, pero cuando lleguen a la próxima calle, que es más solitaria, tendré que tener mucho cuidado.

Ahora se les han unido Ricardo y Gerardo. Pero Gilberto sigue hablando sólo con Leticia. Parece que van a estar juntos todo el tiempo. Espero que no la acompañe hasta su casa.

Pero... ¿y si se van juntos?

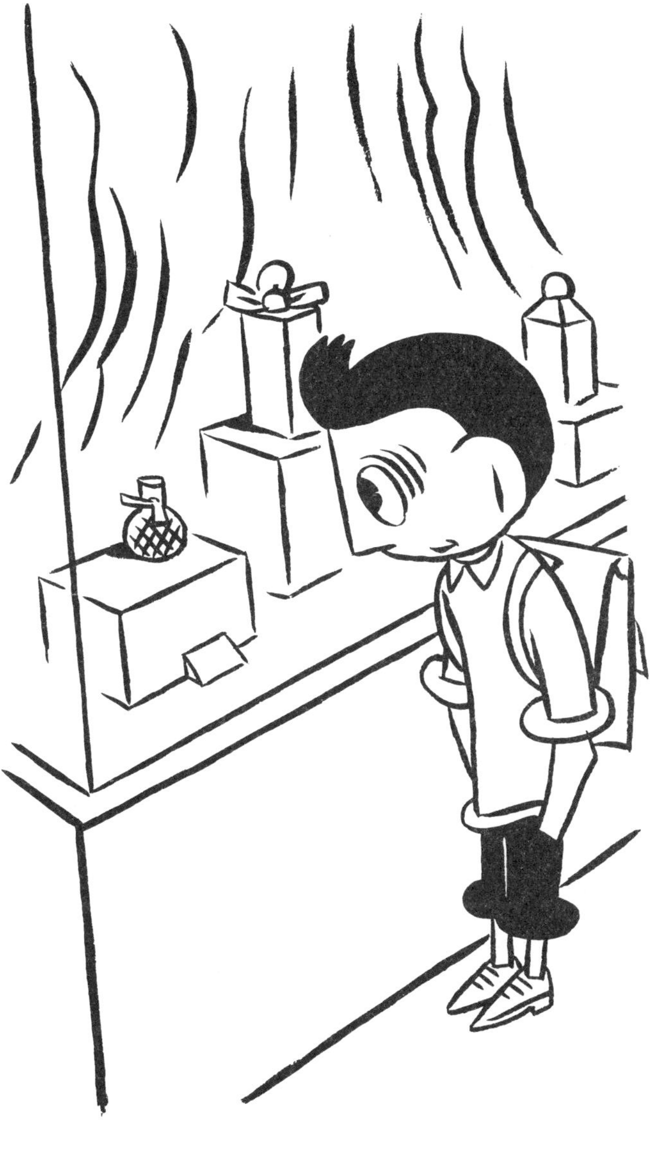

Todos mis planes se vendrían abajo. Todo lo que he pensado decirle se me olvidará y mañana no me acordaré de nada.

¿Qué haría Tintín en mi lugar?

Tendré que ser tan valiente como él y actuar.

Mi madre dice siempre que hay que enfrentarse con las situaciones más difíciles sin miedo, que es la única forma de superarlas.

Yo no sé si tiene razón porque nunca lo he hecho, pero voy a intentar hacer lo que ella dice. Bueno, casi, porque miedo sí que tengo.

Supongo que enfrentarme con esta situación consiste en acercarme al grupo y decir: "¡Hola! Aquí estoy".

¿Qué puede pasarme...? Que se rían de mí, que me echen o, en el peor de los casos, que me peguen. Bien, si se ríen, yo también me reiré de ellos. Si me quieren echar, no me iré, y si me pegan, yo también les pegaré, aunque son muchos y llevaré las de perder.

Así que allá voy y que sea lo que Dios quiera.

—¡Hola! –les grito mientras cruzo la calle y agito el brazo derecho para que, además de oírme, también me vean–. ¡Aquí estoy!

Al reconocerme, Cejudo se detiene.

—¿Qué haces tú aquí? –me pregunta–. ¿No te has ido a tu casa?

—No, he estado haciendo algunas cosas por ahí –respondo, como si hubiera estado resolviendo cosas muy importantes.

Entonces, Gilberto se da la vuelta y, sin moverse de su sitio, hace la pregunta que más temía:

—¿Qué quieres?

¿Cómo le explico yo a ese gigantón lo que quiero?

—Nada, quería pedirle perdón a Cejudo por la paliza de esta mañana. Creo que me he pasado un poco.

—Mira cómo me has dejado la cara –dice, señalando un moratón de la mejilla, cerca del ojo derecho–. Yo no te había hecho nada.

—Es verdad –le digo en plan humilde–, pero es que estaba de muy mal humor.

—Lo dice de verdad –dice mi amigo Félix–. Está arrepentido de verdad.

Leticia me está mirando sin decir nada. Gilberto se da cuenta y se me acerca.

—No queremos que nos molestes –me dice en tono amenazador–. Si quieres hacerle la pelota a Cejudo para que te perdone, me parece bien, pero a nosotros no nos molestes. ¿Lo has entendido?

—Yo sólo quiero hacer las paces con él –le respondo–. No quiero más follones.

Me mira como si no me creyera y se da la vuelta para volver con mi chica. Después, los dos juntos siguen su camino como si no existiéramos.

—El profesor Torres está muy enfadado contigo –me dice Julita–. Ha dicho que iba a llamar a tus padres para quejarse de ti. Y que también se lo diría al director del colegio.

—Mañana le pediré disculpas –le digo–. No quería hacerle rabiar.

—Ya sabes que no le gusta que nos peleemos en clase –insiste.

—Sí, quiere que nos llevemos bien –comenta Félix.

—Dice que tenemos que llevarnos bien y no debemos pelearnos –interviene Cejudo.

Decididamente, Cejudo es una cotorra que repite todo lo que oye. Además, me está poniendo nervioso y, si sigue haciéndose el bueno, le voy a zurrar otra vez. Aunque voy a procurar aguantarme para no echar a perder mi plan.

La verdad es que, hasta ahora, las cosas me han salido a pedir de boca. Ni se han reído de mí, ni me han echado, ni me han pegado. Mi madre tenía razón al decir eso de enfrentarse a las situaciones.

—¿Adónde vais? –le pregunto inocentemente a Julita.

—Gilberto nos va a invitar a unos caramelos en *Golosinas* –responde muy contenta–. Es que mañana es su cumpleaños.

—A Leticia no le gustan los caramelos –le digo–. Ayer la invité y no quiso.

—Sí que le gustan los caramelos –responde Julita–, lo que pasa es que eres tonto y no sabes invitar a una chica.

—¿A ti te gustan los caramelos? –le pregunto.

—Sí –responde, mirándome a los ojos–. A mí me gusta que me inviten a caramelos.

—Oye, tú... –dice Cejudo un poco enfadado–. A ella la iba a invitar yo.

—Pues si David me quiere invitar, a mí me parece bien –responde Julita–. ¿Entiendes?

—Además –contesto–, yo soy más valiente que tú.

—¿Más valiente que yo?

—¡Sí...! ¡Y más valiente que todos! –insisto.

Todos se callan.

—¿Más valiente que Gilberto? –pregunta Cejudo.

—¡Más valiente que Gilberto! –respondo casi gritando para asegurarme de que me oye.

Y me ha oído.

Se forma un pequeño semicírculo a mi alrededor y todos me miran con cara de asombro. Es como si hubiera firmado mi sentencia de muerte al decir aquellas palabras.

Gilberto y Leticia se acercan a mí. Sin darme tiempo a reaccionar, Gilberto me da un golpe en el hombro.

—Escucha, enano –me dice–, te la estás buscando. Será mejor que cierres la boca antes de que me enfade.

—No te tengo miedo –le respondo–. Soy más valiente que tú y lo he demostrado.

—Tú no has demostrado nada, imbécil –me responde despectivamente el grandullón.

—Tú no has demostrado nada –repite Cejudo, pasándose la mano por el moratón de la mejilla–. Nosotros somos más valientes que tú.

—¿Ah, sí? –digo en plan provocador–. ¿Y por qué no os atrevéis a hacer una cosa que yo he hecho?

Todos se miran desconcertados.

—¿Y qué has hecho tú que no nos atrevamos a hacer nosotros? –me pregunta Gilberto.

Entonces levanto el brazo y señalo un portal que hay enfrente de nosotros.

—¡Poner un petardo en aquel portal!

8

El grupo entero mira el portal de ese hombre al que llaman Gordo, pero que ni es gordo ni nada. Lo que pasa es que se empeñan en llamarlo así.

—Todos hemos puesto petardos –responde Gilberto, quitando importancia a mi desafío.

—Pero no en aquel portal –insisto–. Ahí sólo los he puesto yo, vosotros no os atrevéis.

—Es el portal del Gordo –dice Cejudo–. Ese tío tiene muy mala uva.

—Sí –dice Ricardo–, no es gordo pero es peligroso.

—Peligrosísimo –confirma Félix–. Ese tío es un bestia.

—Pues yo le he puesto un petardo y estoy aquí –digo con orgullo–. ¡Soy el más valiente de todos!

Julita se acerca a mí y me da un beso en la mejilla.

—Puedes invitarme a caramelos –dice–. Me gustan los valientes.

Cejudo, rabioso, se planta delante de mí y me mira con cara de enfado.

—¡Yo también soy valiente!

—¡Demuéstralo! –le desafío.

Entonces, Gilberto se acerca y se interpone entre nosotros.

—Quieres demostrar que eres el más valiente, ¿eh? –me pregunta.

—¡Atrévete a hacer lo que yo hice ayer! –le respondo.

—¿Crees que tengo miedo? –pregunta, mirando a Leticia.

—Creo que no te atreves a ponerle un petardo al Gordo.

—Voy a hacer eso y mucho más –responde–. Y después te daré una paliza que no olvidarás en tu vida.

—Y yo te daré otra –dice el payaso de Cejudo.

—Pero, primero, iremos a *Golosinas* a comprar unos caramelos. Que os lo he prometido –dice el grandullón de Gilberto, para ganarse la simpatía del grupo.

—Lo que pasa es que tienes miedo –insisto–. Quieres distraernos para que se haga tarde...

Ahora sí que se ha enfadado.

Se ha puesto rojo y se lanza sobre mí. Me coge del cuello de la camisa y me amenaza.

—¡Me estás provocando y me vas a encontrar! –gruñe.

—Pues yo me atrevo a poner ese petardo –dice alguien.

Todos miramos a quien ha hablado: ¡ha sido Leticia!

—Las chicas también somos valientes y nos atrevemos a hacer las mismas cosas que los chicos –dice con mucha tranquilidad.

—¿Ves lo que has conseguido? –me dice Gilberto, amenazándome con el puño–. ¿Lo ves?

—Yo quiero lanzar un petardo en ese portal –insiste Leticia–. Y lo voy a hacer.

—¡No! –protesta Gilberto–. ¡Yo lo haré!

Y se acerca a Cejudo para pedirle los petardos. Éste abre su cartera y le da uno.

—Ponme cinco –le ordena Gilberto.

—Es demasiado –le avisa Cejudo–. Hará mucho ruido.

—¡Dame cinco! –insiste.

Gilberto los ata, coge algunas cerillas y, como un loco, se pone a cruzar la calle.

—Vamos a escondernos en la esquina –dice Cejudo, empezando a correr–. No nos vaya a coger a nosotros.

—Estáis todos locos –dice Félix–. Yo no quiero saber nada de todo esto. Me voy a mi casa.

Félix se va corriendo y nosotros seguimos a Cejudo y nos vamos todos hasta el esquinazo de la otra calle y nos quedamos agazapados, en silencio, con el corazón acelerado, que, como dice mi madre, se pone como una locomotora cuando algo excitante está a punto de ocurrir.

Gilberto pasa un par de veces ante el portal. Se le nota precavido, como con miedo. Vuelve a pasar una tercera vez sin atreverse a lanzarlo.

Al final, se decide.

—Lo va a hacer –dice Cejudo.

—Yo lo hice el primero –digo, aprovechando que Leticia está cerca de mí.

Gilberto acaba de lanzar el paquete de petardos y sale corriendo. Apenas ha hecho explosión, un hombre sale del portal y se lanza en su persecución.

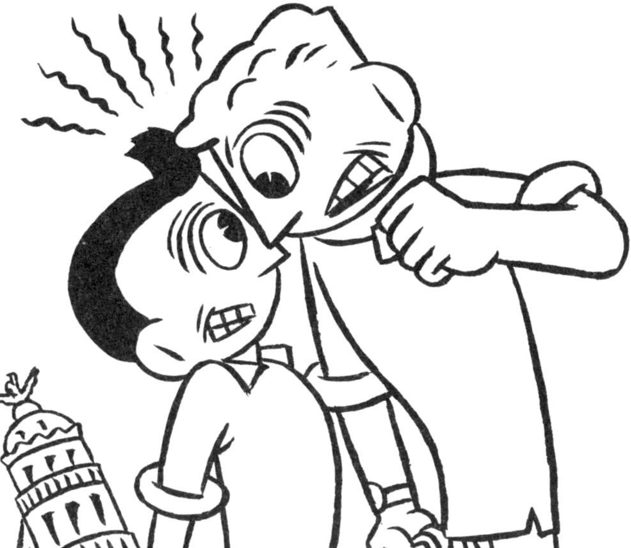

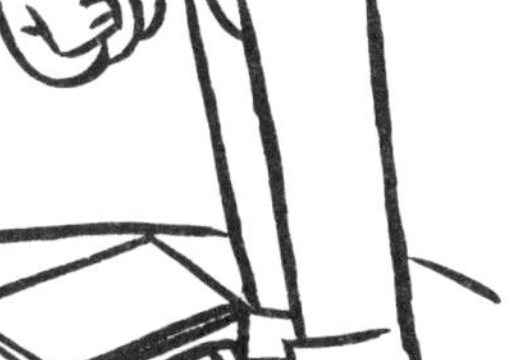

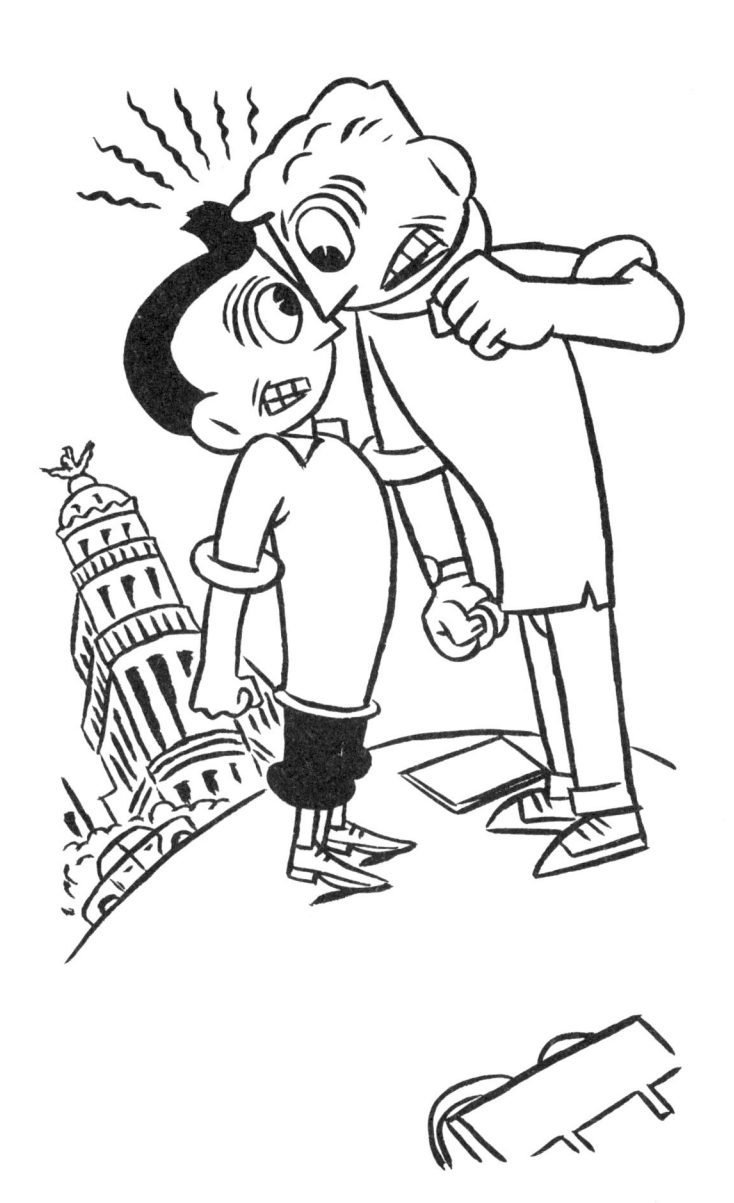

Los dos corren entre los peatones, después entre los coches aparcados, cruzan la calle, pero a pesar de los esfuerzos del pobre Gilberto, el hombre le acaba alcanzando y le atrapa.

—¡Yo no he hecho nada! –se pone a gritar el pobre Gilberto–. ¡Suélteme...! ¡Suélteme!

Pero el hombre, insensible ante las súplicas de nuestro compañero, persiste en mantenerle apresado y le arrastra hacia el portal de la casa.

—Dame un petardo, deprisa –ordena Leticia.

—¿Qué vas a hacer? –pregunta Cejudo.

—¿No irás a...? –le digo.

—¡Deprisa! –ordena ella–. ¡Y cerillas!

Cejudo le entrega lo que ella pide.

—¡Esperadme aquí! –dice antes de salir corriendo.

Leticia cruza la calle y, con cuidado de que el portero no la vea, se sitúa detrás de él. Despacio, muy despacio, se acerca al hombre, que mantiene fuertemente sujeto a nuestro amigo Gilberto. Éste sigue implorando perdón.

—Ya no lo haré más –promete entre lágrimas–. Le juro que ya no lo haré más.

Cuando están a punto de llegar al portal, Leticia lanza un petardo encendido a los pies del Gordo, que, sorprendido, da un brinco como una cabra salvaje.

Gilberto aprovecha la confusión para zafarse y, sin pensárselo dos veces, huye en dirección opuesta.

El hombre mira cómo se le escapa de entre las manos y se queda desconcertado. Mira hacia atrás y ve que Leticia se escapa corriendo. Vuelve a mirar a Gilberto y no sabe qué hacer. Le gustaría dividirse en dos, pero como eso no puede ser, debe tomar una decisión rápida, porque si no se quedará con las manos vacías.

Aunque Leticia corre mucho y está más lejos de él que Gilberto, decide ir por ella.

—¡La va a coger! –digo con miedo–. ¡La va a coger!

Efectivamente, el hombre sigue su persecución y se nota que se acortan las distancias.

Gilberto, mientras tanto, continúa corriendo en dirección contraria hasta que le perdemos de vista.

Leticia y el Gordo se han metido por otra calle y ya no los vemos.

Nos miramos todos. Estamos muy asustados. Si la coge, cualquiera sabe lo que le hará. Debe estar furioso. No decimos nada, pero nos tememos lo peor.

Efectivamente, unos segundos después, los vemos aparecer a ambos. El hombre la sujeta del brazo y, aunque no oímos lo que dice, la está insultando o amenazando. O las dos cosas.

—Leticia está prisionera –digo–. Y tengo que hacer algo.

—Ahora no se puede hacer nada porque está prevenido –dice Cejudo. Yo sé que tiene razón.

Pienso que Tintín no dejaría a su novia en manos de un hombre enfadado.

—Voy a salvarla –les digo a mis amigos.

Julita me coge de la mano y no me deja ir.

—Déjala, no puedes hacer nada. Luego la soltará.

—Déjame –insisto, dando un fuerte tirón y liberándome–. Tengo que ir ahora.

En vez de marchar tras ellos, doy un pequeño rodeo para ir a su encuentro. Si todo va bien, me los encontraré de frente y podré enfrentarme a él y liberarla. Quizá lo mejor es darle una buena patada en la espinilla, pienso, así no podrá correr detrás de nosotros.

Pero he calculado mal y, antes de poder acercarme a ellos, han llegado a su portal y entran en él mientras yo me quedo en la calle bastante desesperado por no haberla podido ayudar.

9

En ese momento, veo a la mujer del Gordo, que viene hacia mí cargada con sus bolsas, igual que ayer.

Estoy a punto de escaparme para que no me vea, pero algo me dice que a lo mejor es la oportunidad que estaba esperando para salvar a Leticia.

Me pongo de espaldas y me camuflo tras un coche, y la dejo entrar tranquilamente en el portal. Entonces, la sigo con mucha precaución y espero a que abra la puerta de la casa. La dejo entrar y, antes de que vuelva a cerrar la puerta, lanzo el petardo y me oculto en el hueco que hay al lado del ascensor.

¡¡¡Plaaaaaaafffff!!!

La mujer da un chillido y enseguida sale el hombre soltando amenazas igual que lo haría el capitán Haddock.

—¡Bandidos megacíclicos! –dice con la cara roja de ira–. ¡Esta vez os vais a enterar!

Sale corriendo a la calle mientras la mujer se queda apoyada contra la pared con una cara de susto impresionante.

Sin pensarlo dos veces, aprovecho la oportunidad y me meto en la casa antes de que la señora pueda reaccionar y cojo a mi amiga Leticia de la mano y le ordeno:

—¡Vamos...! ¡Corre...!

Sorprendida por mi aparición, Leticia lanza un pequeño grito, pero yo no la dejo decir nada y tiro de ella.

—¡Eh, vosotros...! –grita la pobre señora al vernos salir de su casa–. ¿Quiénes sois?

—Lo siento, señora –le digo, mientras salimos corriendo hacia la calle.

El Gordo está de espaldas a nosotros, mirando hacia todas partes sin encontrar al culpable de la última explosión. Pasamos tras él sin que nos vea y escapamos hacia la izquierda mientras él mira al lado contrario.

Cuando se quiere dar cuenta de que nos hemos escapado, ya es tarde. Estamos demasiado lejos para perseguirnos y decide volver a su casa.

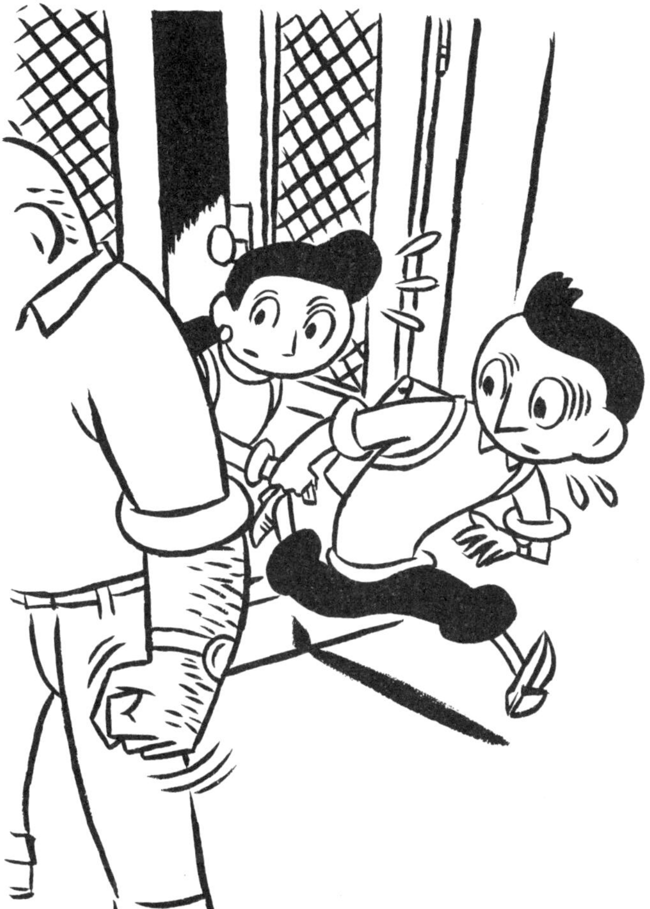

Leticia y yo seguimos corriendo hasta que nuestras fuerzas se agotan. Entonces, nos detenemos y nos sentamos en un banco de la calle.

—Me has salvado –dice ella con la respiración entrecortada–. Gracias.

—Y tú has salvado a Gilberto –le respondo–. Eres muy atrevida.

Ella no contesta y yo espero un poco para decirle lo que pienso.

—¿Gilberto es tu novio?

—No, sólo es un amigo.

—Entonces... ¿por qué le has salvado?

—Tú también me has salvado y no somos novios –me responde tranquilamente.

En eso tiene razón, pero es diferente. No se lo digo, pero lo pienso.

—Gilberto quiere ser tu novio y tú le dejas que se lo crea –comento en voz baja.

—También te dejo a ti que te lo creas –responde.

Decido que es hora de ir a reunirnos con los demás.

—Sí –dice ella cuando se lo propongo–, es lo mejor. Además, estarán intranquilos porque no saben que me has ayudado a escapar.

—Sobre todo, Gilberto –murmuro–, ése sí estará preocupado.

Emprendemos el camino de vuelta tranquilamente, casi sin hablar. Pienso en decirle que le he comprado un regalo, pero creo que no es el mejor momento. O, a lo mejor, es que no me atrevo.

—Ahí están –dice de repente, señalando la tienda de caramelos.

Efectivamente, delante de *Golosinas* está todo el grupo.

En cuanto nos ve, Julita se acerca corriendo hacia Leticia y la abraza.

—¿Cómo te has escapado? –le pregunta.

—David me ha ayudado –explica mi amiga–. Se ha portado como un héroe.

—Sí, como un héroe de tebeo –dice Gilberto en tono burlón–. Eso es lo que es, un personaje de tebeo. Un muñeco.

—No soy eso que tú dices –respondo–. A mí no me ha tenido que rescatar una chica, como a ti.

Ésta es una de esas veces que uno se da cuenta de que se ha pasado. Todos se dan cuenta.

—A mí no me llama nadie cobarde –dice Gilberto en un tono francamente amenazador.

—¡Eso! –le anima Cejudo–. ¡Dale una paliza!

Parece que la pelea va a ser inevitable, así que me quito el anorak y lo dejo en el suelo junto a la cartera.

—No deberíais pelear por tan poca cosa –dice Leticia.

—Si quieres evitar que le pegue la paliza de su vida –dice Gilberto–, convéncele de que se ponga de rodillas ante mí y me pida perdón.

Ella me mira, pero no se atreve a pedírmelo.

"Tintín no haría eso jamás", pienso.

Entonces, Gilberto, sin avisar, se lanza contra mí y los dos caemos rodando por el suelo. Yo me agarro a él todo lo que puedo porque sé que es la mejor manera de evitar los golpes. Él logra liberar el puño izquierdo y me atiza un golpe en la oreja. Eso me enfurece y trato de devolverle el puñetazo, pero no lo consigo. Entonces, me empieza a dar bofetadas y yo agacho la cara y consigo darle una patada en la pierna, que le debe de doler bastante porque suelta un grito.

—¡Dale fuerte, Gilberto! –chilla Cejudo.

De reojo, veo que Leticia le suelta un puñetazo en el hombro, y eso me anima bastante.

Gilberto y yo nos soltamos y logramos incorporarnos.

Ahora soy yo el que se lanza contra él, pero lo hago con tan mala fortuna que vamos a dar contra uno de los estantes de caramelos y éste se cae con nosotros. Sin darnos cuenta, a base de empujones, nos hemos metido en el interior de la tienda.

El suelo está lleno de caramelos y nosotros sobre ellos.

—¿Qué estáis haciendo? ¡Queréis arruinarme, condenados!

Aunque no puedo verle porque tengo la cara contra el suelo, reconozco la voz del señor Plans. Y me parece que está un poco enfadado con nosotros.

—¡Hay que separarlos! –dice Leticia–. Se van a hacer mucho daño.

Supongo que estará pensando en mí cuando dice eso. Sobre todo porque soy el que más está cobrando.

—¡Bárbaros! –grita el señor Plans–. ¡Voy a llamar ahora mismo a la policía si no os levantáis!

Nosotros no tenemos ninguna intención de terminar esta pelea porque nos jugamos mucho, sobre todo yo. El tendero nos agarra a los dos de la ropa y trata por todos los medios de separarnos, pero no lo consigue. Finalmente, conseguimos ponernos en pie y yo le pego un castañazo a Gilberto, que, al caer, arrastra consigo al señor Plans. Pero el señor Plans cae de mi lado y me da un empujón, y los tres acabamos en el suelo con otro estante de caramelos. Una clienta, que estaba comprando algo con su hijo, se pone a gritar como una loca.

—¡Socorro! ¡Socorro!

—Cállese, señora –ordena Julita–. Que los va a asustar.

Es Leticia la que reacciona primero y me coge del brazo y me levanta del suelo.

—¡Vámonos antes de que llegue la policía! –me dice.

—¡Sí, vámonos de aquí! –grita Cejudo.

Es como una orden que hay que cumplir, y todos salimos corriendo de allí antes de que las cosas se compliquen aún más.

Llegamos a una calle solitaria y nos detenemos. Estamos exhaustos y apenas podemos hablar.

—Toma tu chaqueta y tu cartera –dice Julita entregándome mis pertenencias.

—Gracias –le digo–. Con todo el follón se me habían olvidado.

—No te vayas a creer que has ganado –me dice Gilberto–. Ya seguiremos con esto mañana.

—Seguiremos con esto cuando tú quieras –le respondo. Pero en el fondo deseo que se olvide de mí y de esta pelea.

—No seguiréis con nada –dice Leticia–. Ya no vais a pelear más. Si volvéis a luchar, no os hablaré a ninguno de los dos... ¿Entendido?

Yo no digo nada y espero a que él responda primero, pero no lo hace.

—Y ahora os dais la mano como buenos amigos –ordena Leticia.

—Yo no quiero...

—¡Yo sí quiero! –responde ella con firmeza.

De mala gana nos damos la mano y nos pedimos perdón.

—Lo siento –dice Gilberto–. Perdóname.

—No, perdóname tú a mí –digo con la mirada puesta en el suelo.

—Eso me gusta más –dice ella–. Quiero ver cómo os lleváis bien a partir de ahora.

—Bueno, yo me tengo que ir a casa que ya es tarde –dice Gilberto, despidiéndose de todos–. Mañana nos veremos.

—Y yo también –dice Leticia–. Hasta mañana.

—¿Te acompaño? –le pregunto.

Ella se encoge de hombros y no dice nada. Yo ya sé que eso significa que sí, que puedo acompañarla.

Julita se va con Cejudo y Pepa decide acompañarlos.

Leticia y yo nos vamos solos y cruzamos la calle que lleva hacia su casa.

10

Como es un poco tarde, vamos corriendo hasta su casa. Pero esta vez nos hemos cogido de la mano. Y eso me gusta.

—Ya hemos llegado –me dice cuando nos detenemos en su portal–. Adiós...

—¡Espera...! –le digo–. Tengo algo para ti.

Abro mi cartera y busco en el interior mientras ella me mira sin decir nada.

—Te iba a traer el libro de Tintín que te prometí –le comento–, pero pensé que a lo mejor te iba a gustar más este regalo.

—¿Qué es esto? –exclama mientras abre el pequeño paquete que le acabo de entregar.

Leticia me mira sorprendida cuando descubre el frasquito de colonia. Creo que ha sido una buena idea comprarlo, aunque me haya quedado sin dinero para todo lo que queda de mes.

—Me gusta mucho –dice emocionada–. No me lo esperaba. La verdad es que me has sorprendido.

—Es que ya me he hecho mayor y ya no quiero ser un personaje de tebeo –le explico–. Quiero ser novio de alguien.

La cara me arde y creo que me he puesto rojo como un bote de pintura. Es por la vergüenza que me da decirle eso a Leticia.

—Ya veremos cómo te portas –me responde con una pequeña sonrisa–. Ya veremos si es verdad eso que dices.

—Sí, es verdad. Te lo juro.

—¿Y el libro de Tintín que me ibas a prestar? –pregunta repentinamente.

—Pues... aquí lo tengo –digo, abrazando mi cartera–. Creía que no te interesaba.

—Déjamelo, quiero conocer a esa niña.

—¿De verdad te lo vas a leer? –pregunto con ilusión.

—Mañana te diré lo que me parece –responde.

—¿Quieres que nos veamos mañana? –digo, entregándole el libro.

—Mañana hablaremos –contesta, agitando mi historia favorita desde el interior del portal–. Hasta mañana, David.

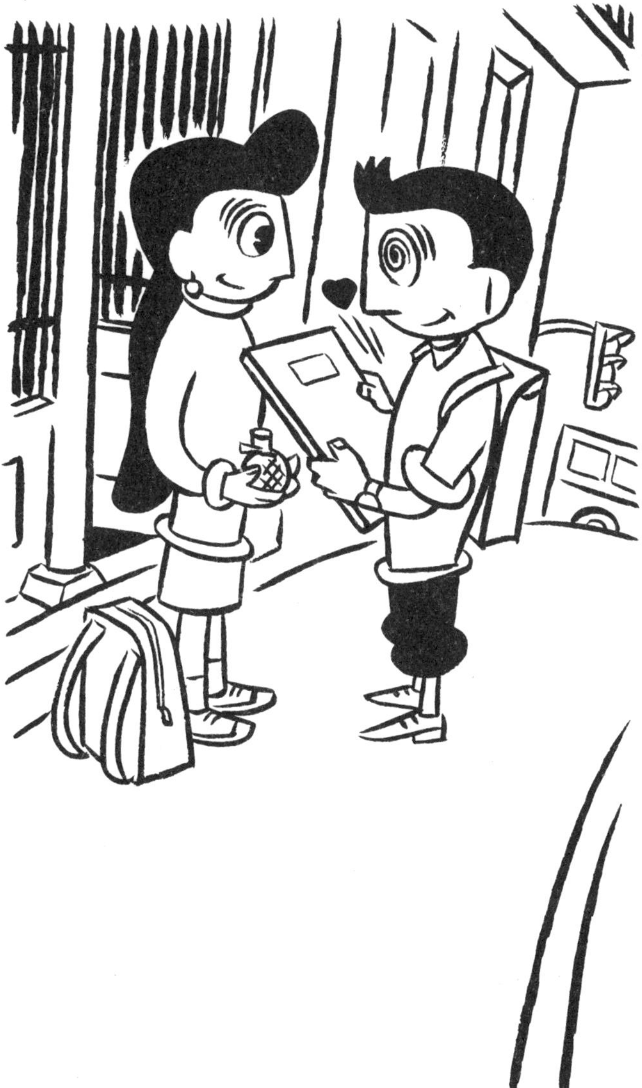

No estoy seguro, pero creo que ella también se ha puesto roja como yo. A lo mejor por eso se ha ido tan deprisa.

Una señora cargada con una gran bolsa choca contra mí y me despierta. Ya es hora de volver a casa.

Aunque estoy muy cansado, voy corriendo. Bueno, más bien voy flotando.

Cuando llego al portal de mi casa, me encuentro con el señor Valentín, que, como siempre, está esperando la ocasión de meterse conmigo.

—Pequeño pirata –me dice–, ten cuidado con lo que haces, no vayas a tropezarte conmigo y me tires al suelo.

—Ni usted conmigo –le respondo.

—¿Cómo? ¿Qué dices?

—Que usted siempre está buscando la manera de meterse conmigo o con cualquiera. Usted no está contento de ser como es –le explico con mucha educación–. Debería usted sonreír un poco, le iría mejor.

Y antes de que me diga nada, me meto en el portal y subo los escalones de dos en dos hasta llegar a mi casa.

Llamo al timbre y es mi madre la que abre la puerta. Al verme con ese aspecto, se lleva la mano a la boca y pone cara de susto.

—Pero... David, hijo... ¿Qué te ha pasado? –exclama.

—Nada, mamá. Que he tenido que resolver un asunto entre amigos.

—Pero... ¡estás sangrando! –insiste.

—No es grave. Sólo se trata de un rasguño sin importancia.

—Ven, vamos al baño... Hay que desinfectar esta herida.

Me coge de la mano y, sin que pueda impedirlo, me lleva hasta el cuarto de baño, que es donde están las medicinas. Después, con una gasa, me limpia la herida.

—¡Dios mío! –murmura–. ¡Hay tantos peligros en la calle!

—No te preocupes, mamá..., no me ha pasado nada.

—La culpa la tiene tu padre. Siempre le digo que deberías venir del colegio en autobús, pero él, claro, por ahorrarse unas pesetas...

—La culpa es sólo mía, mamá.

—No le disculpes, que sois los dos iguales...

En ese momento, oímos cómo se abre la puerta de la calle.

—¡Hola! ¿Hay alguien en casa? –grita mi padre.

Antes de que podamos responderle, nos descubre en el baño. Al ver todo lleno de gasas, vendas, frascos de *mercromina*, agua oxigenada, alcohol, tiritas, toallas mojadas y un impresionante desorden, su cara se vuelve preocupada.

—¿Qué pasa? –pregunta un poco asustado–. ¿Ha pasado algo grave?

—Tu hijo –dice mi madre–. Mira cómo viene.

—Hola, papá.

—¿Qué te ha pasado, Tigre?

—Nada, que he tenido una pequeña aventura callejera con unos amigos.

—¡Santo cielo! ¡Si estás lleno de arañazos y de moratones! –exclama al verme de cerca.

—Claro, a ti te parecerá bien –le dice mi madre mientras me aplica un poco de *mercromina* en la cara.

—¿Cómo? ¿Qué es lo que me parecerá bien? –pregunta el pobre, sin saber por dónde van los tiros.

—Pues eso..., que le hayan pegado una paliza en plena calle. Claro, como la que le tiene que curar soy yo...

—Matilde..., no entiendo lo que quieres decir.

—No querrás que tu hijo se convierta en un gamberro, ¿verdad?

—Oye... ¿No me estarás echando a mí la culpa de lo que ha pasado?

—Pues a ver a quién se la echamos...

Mi padre no responde. Está sorprendido y no acaba de reaccionar.

—La culpa la tengo yo –digo con firmeza–. Solamente yo.

—Claro, es lo que yo decía. Vosotros siempre os defendéis, y a mí...

—¡No! ¡No es eso! –digo mientras salgo del baño, dejándola con la *mercromina* en la mano–. Lo que ocurre es que siempre estáis discutiendo y me utilizáis como excusa. Me ponéis siempre en el medio... Y ya está bien.

—¿Qué dices, Tigre?

—No me llames más Tigre, ni nada... Me llamo David y quiero que me llaméis por mi nombre.

—¿Ves lo que has conseguido? –le reprocha él–. ¡Ya puedes estar contenta!

—No ha conseguido nada. Ni está contenta... ni yo estoy contento. No quiero que me metáis en vuestras discusiones –digo, mientras abro la puerta de mi habitación–. Vosotros tenéis vuestros problemas y yo tengo los míos.

—Pero... –empieza a decir mi padre.

—Ni pero ni nada –le respondo cerrando la puerta.

Me quedo solo en mi habitación y ellos no dicen nada. Pero me falta algo por decir, así que abro la puerta para que me oigan bien:

—¡Y mis deberes me los hago yo solo. Y si los hago mal, ¡peor para mí! ¡Ya aprenderé a hacerlos bien!

Por lo menos me he quedado a gusto. Les he dicho lo que pienso. No lo he hecho para molestarlos, lo he hecho para defenderme, para que quede claro que si tienen broncas, las tienen por su culpa, no por la mía.

El caso es que estoy agotado. Ha sido un día muy duro, posiblemente el más duro de mi vida.

Creo que ya he empezado a vivir mis propias aventuras en mi mundo, y la verdad es que me ha gustado bastante. Y creo que me puede gustar más. Sí, me parece que me va a gustar estar en este mundo... Aunque sea muy complicado.

Me meto en la cama y, por primera vez en mi vida, apago todas las luces y cierro los ojos.

Pienso en que Leticia estará leyendo en este momento la historia de la niña gitana perdida en el bosque y que mañana la comentaremos. Me parece que a partir de ahora será mucho más divertido leer las historias de Tintín si a Leticia también le gustan.

Sí, estoy convencido de que vivir en este mundo va a resultar muy divertido a partir de ahora.

EL BARCO DE VAPOR

SERIE NARANJA (a partir de 9 años)

1 / Otfried Preussler, **Las aventuras de Vania el forzudo**
2 / Hilary Ruben, **Nube de noviembre**
3 / Juan Muñoz Martín, **Fray Perico y su borrico**
4 / María Gripe, **Los hijos del vidriero**
6 / François Sautereau, **Un agujero en la alambrada**
7 / Pilar Molina Llorente, **El mensaje de maese Zamaor**
8 / Marcelle Lerme-Walter, **Los alegres viajeros**
10 / Hubert Monteilhet, **De profesión, fantasma**
13 / Juan Muñoz Martín, **El pirata Garrapata**
15 / Eric Wilson, **Asesinato en el «Canadian Express»**
16 / Eric Wilson, **Terror en Winnipeg**
17 / Eric Wilson, **Pesadilla en Vancúver**
18 / Pilar Mateos, **Capitanes de plástico**
19 / José Luis Olaizola, **Cucho**
20 / Alfredo Gómez Cerdá, **Las palabras mágicas**
21 / Pilar Mateos, **Lucas y Lucas**
26 / Rocío de Terán, **Los mifenses**
27 / Fernando Almena, **Un solo de clarinete**
28 / Mira Lobe, **La nariz de Moritz**
30 / Carlo Collodi, **Pipeto, el monito rosado**
34 / Robert C. O'Brien, **La señora Frisby y las ratas de Nimh**
37 / María Gripe, **Josefina**
38 / María Gripe, **Hugo**
39 / Cristina Alemparte, **Lumbánico, el planeta cúbico**
44 / Lucía Baquedano, **Fantasmas de día**
45 / Paloma Bordons, **Chis y Garabís**
46 / Alfredo Gómez Cerdá, **Nano y Esmeralda**
49 / José A. del Cañizo, **Con la cabeza a pájaros**
50 / Christine Nöstlinger, **Diario secreto de Susi. Diario secreto de Paul**
52 / José Antonio Panero, **Danko, el caballo que conocía las estrellas**
53 / Otfried Preussler, **Los locos de Villasimplona**
54 / Terry Wardle, **La suma más difícil del mundo**
55 / Rocío de Terán, **Nuevas aventuras de un mifense**
61 / Juan Muñoz Martín, **Fray Perico en la guerra**
64 / Elena O'Callaghan i Duch, **Pequeño Roble**
65 / Christine Nöstlinger, **La auténtica Susi**
67 / Alfredo Gómez Cerdá, **Apareció en mi ventana**
68 / Carmen Vázquez-Vigo, **Un monstruo en el armario**
69 / Joan Armengué, **El agujero de las cosas perdidas**
70 / Jo Pestum, **El pirata en el tejado**
71 / Carlos Villanes Cairo, **Las ballenas cautivas**
72 / Carlos Puerto, **Un pingüino en el desierto**
73 / Jerome Fletcher, **La voz perdida de Alfreda**
76 / Paloma Bordons, **Érame una vez**
77 / Llorenç Puig, **El moscardón inglés**
79 / Carlos Puerto, **El amigo invisible**
80 / Antoni Dalmases, **El vizconde menguante**
81 / Achim Bröger, **Una tarde en la isla**
83 / Fernando Lalana y José María Almárcegui, **Silvia y la máquina Qué**
84 / Fernando Lalana y José María Almárcegui, **Aurelio tiene un problema gordísimo**
85 / Juan Muñoz Martín, **Fray Perico, Calcetín y el guerrillero Martín**
87 / Dick King-Smith, **El caballero Tembleque**
88 / Hazel Townson, **Cartas peligrosas**
89 / Ulf Stark, **Una bruja en casa**
90 / Carlos Puerto, **La orquesta subterránea**
91 / Monika Seck-Agthe, **Félix, el niño feliz**
92 / Enrique Páez, **Un secuestro de película**
93 / Fernando Pulin, **El país de Kalimbún**
94 / Braulio Llamero, **El hijo del frío**
95 / Joke van Leeuwen, **El increíble viaje de Desi**
96 / Torcuato Luca de Tena, **El fabricante de sueños**
97 / Guido Quarzo, **Quien encuentra un pirata, encuentra un tesoro**
98 / Carlos Villanes Cairo, **La batalla de los árboles**
99 / Roberto Santiago, **El ladrón de mentiras**
100 / Varios, **Un barco cargado de... cuentos**
101 / Mira Lobe, **El zoo se va de viaje**
102 / M. G. Schmidt, **Un vikingo en el jardín**

103 / *Fina Casalderrey*, **El misterio de los hijos de Lúa**
104 / *Uri Orlev*, **El monstruo de la oscuridad**
105 / *Santiago García-Clairac*, **El niño que quería ser Tintín**
106 / *Joke Van Leeuwen*, **Bobel quiere ser rica**
107 / *Joan Manuel Gisbert*, **Escenarios fantásticos**
108 / *M. B. Brozon*, **¡Casi medio año!**
109 / *Andreu Martín*, **El libro de luz**
110 / *Juan Muñoz Martín*, **Fray Perico y Monpetit**
111 / *Christian Bieniek*, **Un polizón en la maleta**
112 / *Galila Ron-Feder*, **Querido yo**
113 / *Anne Fine*, **Cómo escribir realmente mal**
114 / *Hera Lind*, **Papá por un día**
115 / *Hilary Mckay*, **El perro Viernes**
116 / *Paloma Bordons*, **Leporino Clandestino**
117 / *Juan Muñoz Martín*, **Fray Perico en la paz**
118 / *David Almond*, **En el lugar de las alas**
119 / *Santiago García-Clairac*, **El libro invisible**
120 / *Roberto Santiago*, **El empollón, el cabeza cuadrada, el gafotas y el pelmazo**
121 / *Joke van Leeuwen*, **Una casa con siete habitaciones**
122 / *Renato Giovannoli*, **Misterio en Villa Jamaica**
123 / *Juan Muñoz Martín*, **El pirata Garrapata en la India**
124 / *Paul Zindel*, **El club de los coleccionistas de noticias**
125 / *Gilberto Rendón*, **Los cuatro amigos de siempre**
126 / *Christian Bieniek*, **¡Socorro, tengo un caballo!**
127 / *Fina Casalderrey*, **El misterio del cementerio viejo**

EL BARCO DE VAPOR

SERIE ROJA (a partir de 12 años)

2 / María Gripe, **La hija del espantapájaros**
11 / José A. del Cañizo, **El maestro y el robot**
22 / José Luis Olaizola, **Bibiana y su mundo**
36 / Jan Terlouw, **El precipicio**
37 / Emili Teixidor, **Renco y el tesoro**
39 / Paco Martín, **Cosas de Ramón Lamote**
49 / Carmen Vázquez-Vigo, **Caja de secretos**
50 / Carol Drinkwater, **La escuela encantada**
52 / Emili Teixidor, **Renco y sus amigos**
53 / Asun Balzola, **La cazadora de Indiana Jones**
57 / Miguel Ángel Mendo, **Por un maldito anuncio**
60 / Jan Terlouw, **La carta en clave**
64 / Emili Teixidor, **Un aire que mata**
65 / Lucía Baquedano, **Los bonsáis gigantes**
67 / Carlos Puerto, **El rugido de la leona**
69 / Miguel Ángel Mendo, **Un museo siniestro**
71 / Miguel Ángel Mendo, **¡Shh... Esos muertos, que se callen!**
72 / Bernardo Atxaga, **Memorias de una vaca**
75 / Jordi Sierra i Fabra, **Las alas del sol**
76 / Enrique Páez, **Abdel**
77 / José Antonio del Cañizo, **¡Canalla, traidor, morirás!**
80 / Michael Ende, **El ponche de los deseos**
83 / Ruth Thomas, **¡Culpable!**
84 / Sol Nogueras, **Cristal Azul**
85 / Carlos Puerto, **Las alas de la pantera**
86 / Virginia Hamilton, **Plain City**
87 / Joan Manuel Gisbert, **La sonámbula en la Ciudad-Laberinto**
88 / Joan Manuel Gisbert, **El misterio de la mujer autómata**
89 / Alfredo Gómez Cerdá, **El negocio de papá**
90 / Paloma Bordons, **La tierra de las papas**
91 / Daniel Pennac, **¡Increíble Kamo!**
92 / Gonzalo Moure, **Lili, Libertad**
93 / Sigrid Heuck, **El jardín del arlequín**
94 / Peter Härtling, **Con Clara somos seis**
95 / Federica de Cesco, **Melina y los delfines**
96 / Agustín Fernández Paz, **Amor de los quince años, Marilyn**
97 / Daniel Pennac, **Kamo y yo**
98 / Anne Fine, **Un toque especial**
99 / Janice Marriott, **Operación «Fuga de cerebros»**
100 / Varios, **Dedos en la nuca**
101 / Manuel Alfonseca, **El Agua de la Vida**
102 / Jesús Ferrero, **Ulaluna**
103 / Daniel Sánchez Arévalo, **La maleta de Ignacio "Karaoke"**
104 / Cynthia Voigt, **¡Pero qué chicas tan malas!**
105 / Alfredo Gómez Cerdá, **El cuarto de las ratas**
106 / Renato Giovannoli, **Los ladrones del Santo Grial**
107 / Manuel L. Alonso, **Juego de adultos**
108 / Agustín Fernández Paz, **Cuentos por palabras**
109 / Ignacio Martínez de Pisón, **El viaje americano**
110 / Paolo Lanzotti, **Kengi y la magia de las palabras**
111 / Paul Biegel, **Vienen por la noche**
112 / Adela Griffin, **Mejor hablar a tiempo**
113 / Josef Holub, **Mi amigo el bandolero**
114 / Uri Orlev, **El hombre del otro lado**
115 / José María Plaza, **De todo corazón**
116 / Virginia Euwer Wolf, **Semillas de limón**
117 / Jordi Sierra i Fabra, **Las historias perdidas**
118 / Gudrun Pausewang, **¿Oyes el río, Elin?**
119 / Sigrid Heuck, **La canción de Amina**